부끄부끄 체인지

진노랑

부끄부끄 체인지

차례

1부 나혜

1. 네 가지 숨김표
2. 추억의 자장면
3. 비누 냄새
4. 질투쟁이 종이비행기
5. 족쇄
6. 행복이란 것
7. 블랙 아웃

2부 은한

1. 별똥별
2. 남녀칠세부동석
3. 신데렐라 캔디
4. 타인의 눈
5. 자유
6. 샴쌍둥이
7. ★과 ○

3부 나혜

1. 그 애. 그리고 나
2. 열여덟 살의 여름

1부 나혜

1. 네 가지 숨김표

***

"우리 나혜에게는 남들에게는 다 있지만 혼자만 없는 게 두 가지가 있지. 뭔지 맞춰봐."
엄마가 물었다.
"남친?"
"아빠?"
이모들이 답했다.
"아직 열여덟 살인데 무슨 남자친구? 게다가 요즘 아빠 없는 집은 흔하지."
"열여덟 살이면 남자친구 생길 때도 됐지 뭐. 옛날 같았으면 애를 낳았을 나인데……"
"말도 안 되는 소리!"
"아, 알겠다. 눈물!"
작은이모의 말에 떠들썩하던 거실에 조용해졌다.

"맞아. 난 걔, 우는 걸 갓난쟁이일 때 보고 못 봤어."

"그래도 엄마인 큰언니는 봤을 거 아냐? 언제 봤어?"

"글쎄, 기억도 안 나. 걘 은근 독해서 절대 남 앞에선 안 울거든."

"부끄러움이 많아서겠지. 그래서 답이 뭐야?"

"욕망과 질투."

"아니, 세상에 욕망과 질투가 없는 사람이 어디에 있어? 없다 하면 그건 위선이지."

"그게 이상하단 게지. 나혜 걘, 전혀 없단 말이야."

"언니가 너무 구박해서 그런 거 아냐?"

"맞아. 언니는 나혜가 태어났을 때부터 구박했잖아. 자기와 안 닮았다고!"

"그랬던가?"

"그랬잖아! 낳자마자 실망해선 젖도 안 먹이고……"

"맨날 하린이 옷, 물건 물려주고……"

"그게 이상하단 말이야. 나혜는 그런데도 단 한

번도 불평을 안 해."

"그건 좀 이상하네."

"여행을 가도 개만 쏙 빼서 할머니에게 맡기고 가곤 해도 서러워도 않아."

"옷도 안 탐내?"

"전혀. 하린이는 맨날 새 옷 사 입히고, 새 학원 보내도 질투 한 번 안 했지 뭐야."

"혹시…… 그거 아냐?"

"그거?"

"천사. 하늘에서 이 집으로 잘못 내려온……"

"그럴지도. 그냥 날로 키웠다니깐!"

"좋겠다. 우리 집 민영이 알지? 질투, 욕심이 얼마나 많은지 부모 입에 맛있는 거 들어가는 꼴도 못 봐요."

"우리 집도 그래."

하하 호호 수다가 한창인 거실과 달린 나, 서나혜의 방은 고요하다. 저 공간과 이 공간이 같은 한 울타리 속에 있는 게 신기할 정도로 다르다.

어떻게 그렇게 선을 그은 것처럼 다른 공간으로 만들 수 있었냐고? 그건 쉽다. 귀에 이어폰을 꽂기만 하면 아무리 큰 목소리의 엄마, 이모들 말소리도 분해되어 사라진다.

그리고 내 귓속으로 아름다운 선율이 펼쳐진다. 그곳은 봄 햇살이 내리비추고 있는 토끼풀꽃밭처럼 고요한 …… 모차르트 피아노 협주곡 21번……

"삼겹살 먹어! 빨리!"

"나혜야! 고기 식어!"

"어서 나와!"

아무래도 오늘은 그곳에의 방문은 못 할 것 같다. '음식'이 나오면 무조건 나가야 한다. 그건 우리 엄마가 만든 우리 집의 불문율이었다.

"어머, 나혜 예쁜 거 봐."

"아가씨가 다 됐다니까. 아직 태어났을 때가 눈에 선한데……"

"기억나? 나혜가 갓 태어났을 때, 쌍꺼풀이며 콧대며 언니를 쏙 빼닮았잖아. 근데도 언니는 자기 딸이 아니라며……"

"그만. 하하하!"

눈치 빠른 작은 이모가 큰이모의 말을 다급하게 끊었다. 그런들 이 레퍼토리는 내겐 너무나 익숙한 거여서 뒷이야기를 훤히 꿰고 있다.

***

 때는 18년 전, 7월 여름의 어느 날. 제일 산부인과에서 한 여자아이가 태어났다. 사람들 말에 의하면 울음소리도, 몸집도, 움직임도 모두 작았던 아이였다고 한다.
 이모들은 도통 갓난아이를 보러 가지 않는 엄마가 의아했다고 한다. 그래서 물으면,
 "나랑 안 닮았어."
 라고 했다고 한다.
 그건 말이 안 된다며 이모들이 엄마의 팔을 양쪽에서 붙잡고 신생아실에 데려갔다고 한다. 선명한 눈, 코, 입 이목구비가 벌써 빼닮았다고 이모들이 기뻐하자, 엄마는 한숨을 푹 쉬었다고 한다.
 "병원에 따지지도 못하겠네."
 "뭘 따져?"

"다른 아이와 바꾼 거 아니냐고."
"언니! 요즘 세상에 그런 일이 일어날 리도 없어!"
"이 애가 무슨 잘못이라고."
 이모들은 신생아인데도 뚜렷한 이목구비를 가진 이 아이의 앞날이 순탄하지만은 않겠음을 직감하고 한숨을 내쉬었다고 한다. 원래 나쁜 예감은 거의 빗나가는 법이 없다고 한다. 그 법은 우리 집에서도 예외가 없었다.
"오늘은 아빠 일찍 오신대."
 엄마의 이 말이 떨어지면 우리 집은 한바탕 소란이 일곤 했다.
 건설업을 하시던 아빠는 일주일에 서너 번만 집에서 보내고 나머지는 공사를 하는 지역에서 보내곤 했다. 그런 아빠는 깔끔한 걸 좋아하던 성격이었기에 아빠가 오는 날이면 엄마는 우리에게 청소를 빨리하라고 닦달하곤 했다.
 열두 살 초등학교 5학년이던 어느 봄날에도 아빠가 오신다는 소식을 듣고 빗자루를 손에 들었다. 책장과 책상을 정리하고 언니와 함께 쓰던 방을 쓸던 그때 내 심정이 이상하도록 생생하게 아직 남아있다. 아니, 잊고 있다가 열여덟 살이 된 어느 봄날부터 문득, 다시 떠올랐다는 게 맞을 거다.

떨림.

그것이 어린 나의 작은 가슴을 온통 점령한 감정이었다. 보통 어린아이의 '떨림'에는 기대와 감격에서 비롯되는 경우가 많은 테지만 열두 살의 내 경우는 조금 달랐다.

무서움.

열두 살부터 내게 '떨림'은 '무서움'의 감정이 되었다.

***

열두 살의 어느 봄날, 엄마가 백화점에서 웬일로 세일러 카라의 초록 원피스를 내게 사주었다. 엄마는 내가 무언가를 원하는 걸 처음 보았기 때문에 신기했다고 한다.

"뭐 보냐?"

 나는 옷장을 달칵 닫으며 내 앞을 막아선 사람이 누군지 보았다. 왠지 화가 난 것처럼 벌겋게 얼굴이 상기된 언니 하린이 버티고 서있었다.

"내놔!"

 다짜고짜 원피스를 빼앗으려 해서 등 뒤로 옷을 숨겨버렸다. 다른 건 몰라도 처음으로 가지게 된 새 옷인 이 원피스만은 빼앗기기 싫었다.

"내놓으라잖아?"

"내 거야."

"네 것? 어디서 났어?"

"엄마가 사줬어."

"내게 사준 걸 네가 잘못 안 거겠지."

"아냐."

"이리 줘."

"아냐!"

 나는 끝까지 원피스를 손에서 놓지 않았다. 언니 하린은 요것 보라는 눈으로 내 머리에서 발끝까지 훑어보더라니 불현듯이 머리채를 잡았다.

"당장 내놓지 못해!"

"……."

그래도 내가 두 손으로 원피스를 한껏 쥐고 끝까지 주먹을 펴지 않자, 언니는 내 손등을 할퀴었다.

"윽……."

내 손이 펴졌고 원피스가 바닥으로 툭 떨어졌다. 눈물도 주르륵 흘렀다.

"엄마! 이 원피스 내 거 맞지?"

엄마가 와서 이 광경을 보곤 눈살을 찌푸렸다.

"그래. 하린이 거야."

"오후에 내 거라고…."

"언니 거니 줘. 빨리! 더 시끄러워지기 전에!"

울면서 고개를 젓던 그 순간, 나는 엄마가 '우리 엄마'가 아니라 '언니의 엄마'임을 깨달았다. 태어나면서부터 줄곧 엄마에게 외면받아온 것만 같아서 설움이 올라왔다.

"언니 줘."

"아니야! 그 원피스는 내 거야!"

태어나 처음으로 엄마의 말을 거부했다. 이건 '홍당무'가 버터를 사 오라는 어머니의 명령을 거부한 대사건 못지않은 혁명이었다. 나에게는.

"내 거라고! 엄마가 그렇다잖아!"
"내 거야!"
 내가 다시 그 초록색 원피스를 안고서 놓지 않자 언니 하린은 내 이마를 손등으로 할퀴었다.
"당장 내놔!"
"……."
 이마에 피가 맺혔지만, 두 손으로 원피스를 쥐고 끝까지 주먹을 펴지 않았다. 언니 하린도 크게 울기 시작했다.
"이게 무슨 일이야!"
 갑작스레 울린 고함에 놀라서 모두 문 쪽을 보았다. 아빠가 서 있었다.
"애네 둘이 또 옷 가지고 싸우네요."
 또?
"그 옷 당장 이리 내놔."
 아빠의 명령에도 나는 울면서 고개를 저었다. 열두 해를 살면서 그토록 애태웠던 적이 있었던가? 없다. 까칠한 엄마에게도 모자라 무서운 아빠에게까지 반항할 정도로 그 옷은 나에게는 간절한 무언가였다.

"제발 주세요."

"애가 자꾸 안 하던 행동을 하네."

 엄마가 내 어깨를 찰싹찰싹 두드려도 꿈쩍 않았다.

"어서 놓지 못해!"

 서릿발 같은 아빠의 고함에 놀라서 옷을 손에서 놓쳤다. 열두 살이 될 때까지 내가 고집 한 번 부린 일 없었듯이, 점잖은 아빠가 고함을 치는 모습도 처음이었다.

"또 서로 질투하고, 싸웠다간 두 번 다신 안 사 준다!"

 아빠는 초록 원피스를 구깃구깃한 후에 쓰레기통에 집어 던졌다.

 싸운 적도, 질투한 적도 없이 잃었다. 처음 맛본 그 상실감은 가루약처럼 썼다. 그런데 그 상실이 약이 되었을까?

 아니다.

"싸우는 것보다 서로 질투하고 거짓말하는 게 더 나쁘다. 다시는 안 그런다고 약속해라!"

"네."

아버지의 고함에 놀라서 하린이 주눅 든 목소리로 대답했다.

"나혜는?"

"……"

"아빠가 묻고 있지 않니? 대답해!"

"……"

나는 대답하지 않았다. 그때 왜 그랬는지는 지금도 알 수 없다.

"회초리 가져 와."

"그런 게 어디 있어요?"

"마당에서 주워 와."

엄마가 마당에서 회초리로 쓸 나뭇가지를 가지고 왔다. 아빠 손에 들린 회초리를 보자마자 놀라서 하린이 손바닥을 비비며 잘못을 빈 것과 달리 나는 보고만 있었다. 아빠는 그런 내 다리를 걷게 해선 회초리로 찰싹 때렸다.

아팠다.

태어나 처음으로 매를 맞고선 깜짝 놀라서 약속하겠다고 말했다. 그제야 아빠가 내게서 매서운 눈길과 회초리를 거두었다. 그 순간 나 또한 많은 것을 거두었다.

 그것은 욕망, 눈물, 질투.

 그날 후로 나는 이 세 가지를 가지는 것을 부끄러워했다. 그리고 먼 훗날 열여덟 살이 된 지금에 이르러 열두 살 이때, 내가 중요한 무언가를 한 가지 더 잃었단 걸 알게 되었다.

 그것은 떨림.

***

 열두 살이 되기 전, 나는 아빠가 온다는 날이면 알 수 없는 떨림을 느끼곤 했다. 그것은 약간은 두려우면서도 기분이 좋은 거 같은 전율 같기도 했다.

 아빠가 오면 청소도 해야 하고 자세도 더 발라야 했으며 성적도 점검 받아서 번거롭고 신경 쓰이는 점이 한둘이 아니었다. 두려워서 떨리는 것은 당연할지 모른다. 이상했던 점은 그런데도 아빠가 온다는 날이면 열에 들뜬 것처럼 상기된 점이다.

그 들뜸은 나를 놀이터에 나가게 만들곤 했다. 아빠가 오는 모습을 보려고 기다리곤 했지만, 막상 아빠가 공터에 주차하고 나오는 모습이 보이면 못 본 척 모래 쌓기 놀이하는 척하였다.

'나혜야!'

불러주길 기다리며.

"……"

하지만 아빠는 결단코 이름을 불러준 적이 없었다. 나 또한 아빠를 부르거나 먼저 다가간 적이 없었다.

아니다, 딱 한 번 있었다.

건설업을 하는 아빠는 항상 바빴는데, 내가 초등학교 3학년 열 살 때 출근하지 않고 며칠 동안 집안에서만 머무른 적이 있다. 아마 사업이 잘 풀리지 않아서일 것이다. 가끔 맥주를 사러 마트에 가곤 했는데 아마 그날도 그랬을 것이다. 마트로 향하던 아빠가 갑자기 경로를 변경해서 놀이터에서 혼자 모래놀이를 하고 있던 내게 와서,

"나혜야."

라고 내 이름을 불렀다.
 "가자."
라고 다정하게 말했다.
 '어디로요?'
라고 묻고 싶었지만 나는 그저 가만히 일어서서 아빠를 따라갔다. 아빠는 집에서 별로 멀지 않은 곳으로 향했다.

 우리 동네 입구 부근에는 이백 년 된 느티나무가 있는 공원이 하나 있었다. 아빠는 그 나무를 가리키며 서낭나무라며 자신이 어릴 때도 저 나무가 있었다고 하며 어린 시절 형들과 싸울 때마다 이곳으로 와서 많은 걸 숨겨놓았다고 했다. 그것이 뭐냐고 묻자,
 "소중한 것은 모두 다."
 그 후로 아빠는 더는 별다른 말을 하지 않았다.
 그 나무를 지나면 상가 건물이 나타났는데, 많은 가게 가운데 빨간색 간판을 단 작은 가게로 아빠의 발길이 향했다.
 "자장면 두 그릇, 탕수육 하나."
 아빠는 중화요리점에서는 항상 자장면을 먹었다.

그런 아빠를 따라서 나도, 언니 하린도 자장면을 좋아했다.

나는 이렇게 아빠를 좋아했지만, 아빠는 나에게 별 관심 없이 오로지 먹는 데만 정신이 팔렸다. 그런 내가 딱하였는지, 식당 주인아저씨가 폴라로이드 카메라를 들고 와 소리쳤다.

"이쪽 보며 치즈! 서비스입니다!"

"잘 부탁해요. 근데 왜 떨어?"

아빠는 잘게 떨리던 내 손을 가리켰다. 아주 잠깐 걱정스러운 표정이 되었지만 내가 두 손을 꼭 마주 잡자, 사진기로 아빠의 시선이 향했다. 나는 좋아서였다고 말하지 못한 걸 아주 잠깐 후회했지만, 곧 잊고 잔뜩 긴장하여 웃음을 지어보았다.

"치즈."

찰칵, 셔터를 누르는 소리가 크게 울렸다.

"추억으로 간직해라!"

주인아저씨가 아빠와 단둘이서 찍은 이 처음이자 마지막 사진을 내게 건네주었다. 아빠가 돌아가신 지금으로선 정말 마음에 소중히 간직한 추억 한 편이 되었다.

아무튼 이때까지는 '떨림'이 두려움이 아니었다. '설렘' 같았다.
 다들 알다시피 초 5학년 열두 살에 언니 하린과 초록색 원피스를 두고 싸운 후부터 그런 '떨림'은 사라졌다. 무서움이 되었다.
 그 사실을 6여 년 시간이 흐르고 열여덟 살이 된 지금에서야 깨달았다. 그리고 열여덟 살인 나는 지금 엄마와 이모에게 이런 질문을 받고 있다.
 "넌 꿈이 뭐니?"
 작은이모의 질문에 답하려던 순간, 엄마가 말했다.
 "마더 테레사 아냐? 내 딸이지만 욕심도 없고 질투도 없고 잘 울지도 않으니 제격 같아."
 "그래도 마더 테레사는 너무 큰 위인이라 애한테 요구하기엔……"
 "뭐 어때. 우리 집안에도 위인 하나는 나와야지."
 이토록 큰 기대를 한 몸에 받으며 삼겹살을 먹었다.
 "앤 크게 될 거야. 태몽이 뭐였는지 아니?"

"알지. 부처님이 오셔서 언니가 절했다며? 그래서 저렇게 보살처럼 착한 건가."

"숙제가 있어서 먼저 들어갈게요."

방으로 돌아온 나는 침대 아래에 숨겨놓은 금고를 꺼냈다.

엄마와 하린 언니는 금고에 대체 얼마나 대단한 걸 숨겨두었는지 궁금해했다. 대단한 건 없다. 그저 내게는 욕망도, 질투도, 눈물도, 떨림도 없다는 사실을 들키기 싫어서 이 다이어리를 금고에 숨긴 것에 불과했다.

꽁꽁!

비번을 눌렀다.

이 숫자는 내가 중학교 2학년 열다섯 살에 아빠가 병으로 세상을 떠난 날짜였다. 중학교 2학년 겨울방학이었던 그날은……

***

온종일 날씨가 멜랑콜리했다. 늦은 오후, 운명처럼 한 통의 전화가 불시에 걸려왔다. 뜻밖에도 아빠 회사의 직원이었다.

"무슨 일이죠?"

엄마가 물었다.

"……"

말이 없다. 꿀꺽 침을 삼키는 소리가 수화기로 너머로 유난히 크게 들려왔다. 그 소리에 마음 한편에 불안감이 싹텄고, 이어진 침묵에 초조감이 생겨버렸다.

"사고가 있었습니다."

그 남자는 아주 빠르게 말했다.

"공사 현장을 점검하시다가 사고가 나셨습니다. 지금 병원에서 검사받으시는 중입니다."

"……"

우리 가족은 그저 머리가 멍했다. 손으로 볼을 꼬

집어본 순간, 갑자기 현실감이 덮쳤고 숨이 컥 막혀왔다.

  그 사고가 있은 지 반년도 안 되어 아빠는 하늘나라로 갔다. 사고로 이곳저곳 검사를 하다가 암이 발견되었다. 그렇게 아빠는 짧은 병상 생활을 한 후 이른 나이에 우리 곁을 떠났다.

***

  축축해진 눈가를 손으로 적시고 아빠와 단둘이서 찍은 그 단 한 장의 사진을 찾아보았는데 아무리 찾아도 보이지 않았다. 아빠에 대한 기억처럼 그 사진은 빛바랜 추억이 되어버렸다.

2. 추억의 자장면

***

 엄마는 이모들과 두세 달에 한 번씩 모임을 한다. 보통 정오 무렵에 시작되어 저녁이 될 때까지 계속되었다.
 "뭐? 추어탕을 못 먹어?"
 "얜 조금만 낯설어도 안 먹는다니까."
 "그럼 어서 저녁 준비하자."
 "그냥 나가서 먹고 싶은 거 사 먹으라고 해."
 엄마가 장지갑에서 1만 원을 꺼내 주었다. 내게는 이 시끌시끌한 장소가 고역이나 마찬가지였기에 얼른 그 돈을 받아서 집 밖으로 나왔다. 내 발걸음은 눈을 감고도 찾아갈 수 있을 아주 익숙한 곳으로 향했다.
 "오, 나혜 왔어? 오늘도 자장면이지?"

열 살에 아빠와 온 후로 이 중화요리점의 단골이 되었다.

"오늘도 맛있게 먹도록!"

"감사합니다."

어디서도 이곳에서보다 맛있는 자장면을 먹어본 적이 없었다. 그건 어린 시절 아빠와의 추억이 감미료로 쳐져서일까?

때때로 생각했다. 지금은 이 세상에 존재하지 않는 아빠는 내게 어떤 의미일지. 아빠와의 추억이라곤 자장면을 함께 먹은 것밖에 없어서 잘 모르겠다.

"우와, 미라클!"

"미라클이 뭐야?"

"등신아, 기적이잖아."

"기적? 그건 또 뭐야."

"상사병으로 죽기 일보 직전에 짝사랑 상대가 나타나는 경우 같은 거?"

"으이구, 예를 들어도 꼭 저 같은 걸. 죽음의 전쟁터에서 태어나는 새 생명 같은 게 기적이지."

"그래서 이 짜장면집에는 무슨 기적이 있는

데?"

"잘 들어. 우리가 지금 우연히 들린 이 가게에서! 우리 반 애를 만났다! 이게 기적이 아니고 뭐냐?"

"형, 쪽팔리니까 조용히 해."

"저기 쟤야, 쟤가 우리 반 애라고! 그렇지, 기열아?"

"그래그래, 서나혜네, 서나혜!"

"저 애의 이름이 뭐라고?"

"네가 누구보다 더 잘 알 텐데, 그 이름 석 자……"

"아, 맞다 맞아! 이제 기억난다. 서나혜라고?"

그 기적적으로 만났다는 같은 반 애가 하필 내 이름과 같지?

"맞네. 은동 고등학교 2학년 2반 서나혜!"

"안녕?"

어, 어, 어 쟤가 왜 여기에서 웃고 있지? 그것도 친근한 이웃처럼 해맑게 활짝?

"나, 알지?"

"……"

"너 모르는 거 같은데?"

"형! 쪽팔리니까 빨리 와!"

"알 거야, 그렇지?"

내 테이블에 딱 버티고 선 걸로 보아 이름을 말해 주지 않으면 가지 않을 것 같았다.

"은한."

우리 은동고등학교에선 가장 잘생겼으며 소문난 말썽꾸러기였다.

"아저씨, 그 탕수육 여기로!"

?

"뭐래? 네가 한턱낸다고 불러놓곤 왜 탕수육을 그쪽에 줘?"

?

왜 나를 보며 저 곰처럼 우람한 장기열이 화가 나 버럭거리고 있지?

"자고로 옷깃만 스쳐도 인연이라지."

같은 반이어도 제대로 인사조차 한 적이 없었다. 원래 같은 반 아이들은 밖에서 만나면 이렇게 갑자기 친구가 되는 걸까?

"나혜하고 아는 사이야?"

"그럼요!"

"그럼 서비스 줘야지. 군만두 기다려라!"

"우와 역시 형 말대로 인연이네?"

?

도통 이 상황이 이해되지 않았다.

"그냥 와라."

"아니, 같은 반 친구 만나고 반가워서 인사도 못 하냐?"

"근데 서나혜는 하나도 안 반가워 보이는데?"

장기열은 보기와 달리 섬세한 성격 같았다.

"혹시 불편해?"

"…… 응."

"내가 사주는 거야."

"…… 다 먹었어."

"왜 일어 서?"

"…… 안녕."

그러자 은한은 나를 마주 본 채로 눈웃음을 지어 보였다. 그 두 눈은 약간은 당황한 듯 보이면서도 꿀이 그득하게 찬 것처럼 윤이 흘렀다.

예쁘다.

그런 생각이 든 게 황당해서 내가 서둘러 눈길을 거두자, 그 애가 물끄러미 지켜보아 나를 당황하게 했다.

"왜 떨어?"

얼굴이 화끈거렸다.

"손."

그 애는 내 손을 보고 있었다. 평소보다 손톱이 약간 긴 게 보였다. 부끄러워서 젓가락을 잡은 내 손이 또 파르르 떨렸다.

"수전증이냐? 우리 할머니도 그러셔."

씩 웃는 그 애의 가지런한 치아가 하얗게 빛나고 있었다. 그 애는 오랜 친구라도 되는 것처럼 계속 다정하게 말을 건넸다. 그 애의 목소리가 다정다감해질수록 내 얼굴은 부끄럼으로 타올랐고 손은 눈에 띄게 바르르 떨렸다.

"자장면 불어. 빨리 와."

장기열이 소리쳤다.

"안녕."

내가 벌떡 일어서자, 그 애도 아쉬워하며 일어섰다. 나란히 서자 나는 마치 손발이 동시에 나가는 사람처럼 어색해졌다.

 밖으로 내달렸다. 딸랑딸랑, 풍경소리 뒤로 그 애의 어린 동생의 깔깔 웃음소리가 따라왔다.

 얼마나 달렸을까?

 걸음을 멈추고 주변을 보았다. 느티나무 아래였다. 그제야 안도감을 느끼고 나는 두 아름 가까이 되는 느티나무 그늘에 서서 숨을 돌렸다.

 두근두근, 심장이 다급히 뛰었다. 심장 부위에 올려진 손의 떨림이 계속되고 있었다. 좀처럼 그 떨림이 가라앉지 않았다.

 그렇다. 나는 고작 같은 반 애에게 큰 두려움을 느꼈다.

 문뜩, 찌릿한 직감에 고개를 돌리고 보았다.

 그 애.

 창가 자리에서 턱을 괴고 이쪽에 시선을 던지고 있었다. 저녁 햇살이 창으로 쏟아져 그 애를 내리비추고 있었다. 생각해 보니 때때로 그 애를 떠올려보면, 항상 이 금빛 노을에 감싸여있던 것 같다. 이상하게도······.

 아까처럼 자꾸 두 손이, 가슴이, 온몸이 잘게 떨

렸다. 혹시 들켰을까? 학교에서 내가 그 애를······

 나와 눈이 마주치자 그애는 싱긋 웃으며 손을 흔들었다. 발끝에서 머리끝까지 오소소 소름이 돋았다. 그 눈길에······. 찌르르 설렌 듯, 괴로운 듯 예민해져 갔다.

 무서워.

 한 발 한 발, 내가 발걸음을 옮길 때마다 나를 붙잡듯 그 따가운 눈길이 따라왔다.

큰일 났어. 심장병인지도 몰라

 집에 도착하자마자 다이어리에 그렇게 쓰고는 침대에 누웠다. 그러자 창으로 별빛이 쏟아졌다. 이상하게도 그 별빛은 중화요리점에서 본 은한의 꿀처럼 윤기 흐르던 눈빛을 떠올리게 했다.

 이상해.

 내가···.

 이 떨림도···.

3. 비누 냄새

***

 축구 선수는 11명. 그렇지만 반 대항 축구의 전반전이 끝날 때까지 내 시선은 오로지 단 한 명에게 고정되었다.
 교실 창가 자리 끝에 자리 잡고 책상에 턱을 기대고서 벌써 45분째 운동장을 지켜보았다. 서녘으로 저물어가는 햇살은 금빛이다. 이 금빛 햇살은 빛바랜 사진처럼 어딘가 아련함이 느껴져서 좋았다.
 빠르게 오고 가는 축구공 사이에 불쑥 멈추어 선 사람의 모습이 시야로 들어왔다. 나는 한시도 눈을 떼지 않고 그 사람을 따라 시선을 옮겼다.

은한. 눈에 띄는 베이지색 운동복 차림인 그 애를 찬란한 금빛 노을이 감싸고 있었다. 하지만 그 애는 무슨 생각에 빠졌는지 멈춰있을 뿐이었다. 그러다 그 애가 내가 있는 쪽 방향으로 아주 약간 고개를 돌렸다.

먼 거리였음에도 그 애가 입을 꼭 다문 차가운 표정을 짓고 있었음을 알 수 있었다. 드, 들킨 걸까?

"나혜야, 안 가?"

"조금 더 있다가……"

친구 지현과 말하느라 아주 잠깐 시선을 뗐는데도, 그 사이에 은한의 모습이 홀연히 사라졌다. 운동장 주위를 이리저리 둘러보아도 그 애는 없었다.

"누굴 찾는데?"

내 앞에 은한이 웃는 얼굴로 서 있었다.

"……"

그 애는 마치 내가 기다리는 사람이 자신인 양 능청스레 옆 의자에 앉았다.

비누 향기가 났다. 딸각, 그 애는 내가 먹으려고 놔둔 캔 커피를 땄다. 먹겠다는 말 한마디 없이 캔을 마음대로 한 모금 꿀꺽 마셨다.

"왜 화 안 내?"

가지런한 치아를 빛내며 천연덕스레 웃었다. 다시 한 모금 마시자 목을 넘어가는 음료수가 이상하도록 내 눈길을 끌었고 나 자신도 모르게 침을 삼켰다.

"뭘 보나?"

갈색빛이 띤 크고 또렷한 눈동자가 내게로 향한 채 빤히 쳐다보자 왠지 긴장하여 책상 위에 올려진 오른손에 진땀이 배였다. 초조하게 그 애의 다음 말을 기다렸지만 나를 바라보던 눈은 이내 곧 별일 아니라는 듯 시큰둥해졌다.

"그럴 수도 있겠지."

"……"

생각해 보면 내가 창밖을 계속 주시하는 것도, 캔 커피 마시는 모습을 지켜본 것도 아주 이상했다. 그런 생각을 들키지 않으려고 조용히 창밖으로 시선을 던졌다.

어느덧 저녁 햇살은 노란빛에서 불그스름한 빛으로 바뀌어 있었다. 나는 아름다운 빛으로 물들어가는 뭉게구름을 더 자세히 보려고 고개를 더 돌리다가 별안간 가슴이 '쿵' 하고 내려앉는 줄 알았다.

그 애가 나의 머리끝을 쑥 잡아당겨 얼굴을 살짝 뒤로 젖히게 했다. 그다지 강하게 힘주진 않았지만, 너무도 뜻밖의 일이었고, 나를 보는 찌르는 듯한 그 눈빛에 놀라서 그만 꼼짝할 수조차 없었다.

"넌 꿈이 뭐야?"

너무도 뜻밖의 질문이어서 그만 아무 말도 할 수 없었다.

"비밀?"

그 애가 나직한 목소리로 말하며 나의 얼굴을 눈으로 쭉 훑었다. 그러자 나의 몸은 얼음이 되어버렸다. 그 애는 계속 내 얼굴을 눈으로 쭉 훑었다.

내 얼굴을 훑고 지나가던 그 애의 시선이 내 이마에서 정지했다. 나의 머리카락 안으로 조심스레 들어온 딱딱한 손가락이 앞으로 쏠린 머리를 살그머니 뒤로 쓸어 넘기자, 내가 숨기고 싶은 이맛머리에 있는 작은 흉터가 드러났다.

그 애는 실눈을 하고서 유심히 들여다보기 시작

했다. 그 상처는 아주 자세히 살펴봐야만 겨우 보일 정도로 거의 눈에 띄지 않았다. 흉터라기보다는 발자취라고 할 수 있다. 열두 살에 초록 원피스를 두고 싸우다가 하린이 긁은 자국이기 때문이다.

"얼음 땡!"

그 애가 나의 이마를 검지로 톡 두드렸다. 그 동작이 주문이라도 되는 양 나는 그 애를 뿌리치며 자세를 바로잡았다.

"축구하는 거 봤지?"

"……"

"그것도 비밀?"

"……"

나의 침묵이 별로 마음에 들지 않았는지 그 애는 살짝 눈살을 찌푸렸다.

"침묵도 답이랬는데, 도통 네 뜻은 모르겠다."

그 애가 화났을까 봐 내 심장이 아플 정도로 뛰었다. 그러면서도 그저 빨리 이 상황에서 벗어나고 싶었다.

"안녕."

"넌 꼭 갈 때만 입 열더라."

일어섰다. 그러자 내 머리카락이 그 애의 손가락 사이를 차랑거리며 빠져나갔다. 그 느낌이 좋았는지, 또다시 그 애는 내 머리카락 끝을 쥐고 장난을 쳤다. 그 손길이 꼼지락거릴 때마다 가슴이 근질근질 가려워지는 것 같았다. 나는 그 스멀거림 비슷한 감각에 몸서리치며 가방을 들고 자리에서 벗어났다.

"또 도망가려고?"

"…… 그런 적 없어."

"잘 생각해봐."

은한이 웃었다. 그런데 그 미소가 조금 냉담하게 느껴졌다. 나는 그대로 교실에서 나와 버렸다. 교문을 나서다가 문득 고개를 돌리고 우리 반이 있는 쪽을 보았다. 그 애는 여전히 창가 자리에 기대앉아 나를 응시하고 있었다. 왠지 그 애의 눈빛이 따갑게 느껴졌고, 내 가슴이 따끔거렸다.

"……안녕."

그 애가 나를 향해 손을 흔들었다. 나도 은한을 따라서 작게 손을 흔들었다. 그 애는 평소와 달리 전혀 웃지 않았다.

***

 다음 날, 은한은 수업 시간 내내 모습을 보이질 않았다. 그런데 뜻밖에도 그 애는 하교 시간에 맞추어 교실 문 앞에서 기다리고 있었다. 날 발견한 그 애는 조금 눈을 크게 뜨고 빤히 쳐다보았다. 그 애는 마치 자기를 봐달라는 것처럼 내 눈을 지그시 주시하며 다가왔다.
 "가질래?"
 "뭘?"
 "나비."
 나비를 내밀며 나비의 날개를 하늘 높이 비춰 보여주었다. 푸른색 반달무늬와 녹색을 띤 금빛 작은 비늘무늬가 아름답게 반짝였다.
 "제비나비야."
 나비를 감탄하여 쳐다보는데 불쑥 그 애의 손이 내게로 다가왔다. 점점 가까워져 오는 그 큰 손을 우두커니 지켜보던 나는, 파닥거리는 나비의 날갯짓만큼이나 심장을 떨고 있었다. 그 단단한 손가락이 내 손가락을 스치고 지나간 순간 가슴속에 생소한 감정이 스쳤다.

기쁨.

나비를 쥐고 있던 나를 보던 그 애의 얼굴에 얼핏 미소가 떠올랐다. 하지만 나비의 날갯짓이 생각보다 거칠어 내가 놀라며 나비를 손에서 놓치자, 그 애의 입에서 아쉬움의 탄식이 흘러나왔다. 나비가 너울너울 날갯짓하며 사라지자,

"안녕?"

말한 후, 은한은 자리에서 벗어나 교실 안으로 들어갔다.

그렇게 신비롭도록 반짝였던 순간이 끝난 것 같았다. 다시 고요한 내 세계로 발길을 돌리려 했을 때, 그 애가 문 뒤에서 고개를 빼죽 내밀었다.

"들어볼래?"

"뭘?"

"내가 좋아하는 노래!"

생각지도 못한 말에 머뭇머뭇하던 내게 어서 오

라는 듯 그 애가 고개를 끄덕였다. 보드라운 금빛 햇살이 그 애를 비추고 있었고 머리카락이 빛을 받고 반짝였다. 나도 모르게 그 반짝이는 모습에 이끌리어 한 발 한 발 다가갔다.

"좋아합니다."

뭐, 뭐, 뭐?

갑작스러운 말에 진정이 되지 않아 감히 그 애를 돌아볼 용기가 나지 않았다.

"노래 제목이야. 들어 봐!"

사랑을 고백하는 감미로운 발라드였다. 그 애가 그 노래를 열창하며 따라불렀다. 노래는 바야흐로 클라이맥스에 다다르고 있었다.

"사랑하고 싶어!"

열창하는 모습에 두근거리는 가슴을 진정하려고 애써야 했다.

"넌 들려주고 싶은 음악 없어?"

있다!

나는 부리나케 휴대폰을 꺼내 들었다. 어서 들려주고 싶어서 마음이 급했다.

"이 노래는?"

"모차르트, 피아노 협주곡 20번 2악장."

내가 음악을 틀자 아름다운 선율이 울려 퍼졌다. 그 애가 우뚝 멈춘 채 음악에 귀 기울이었는데, 이상하게도 그 순간 또 생소한 감정이 내 마음을 에워쌌다. 그것은 뭘까.

환희.

"베토벤이 모차르트 곡 중에서 이 곡을 가장 좋아했대. 나도 그래! 세상에 이 곡보다 더 예쁜 건 없어."

"……너."

그 애는 무심하게 낯간지러운 말을 툭, 내뱉었다. 그러자 너무 어이가 없어서 웃고 말았다.

"그만…… 안녕."

"아니."

가슴이 철렁했다.

시원한 그 애의 손길이 휴대폰을 쥐고 있던 내 뜨거운 손등 위로 올라왔다. 나는 그 애를 피하면서 뒷걸음질 쳤고 책상 모서리에 닿아 털썩 주저앉고 말았다.

무서워.

지금 떨림은 열두 살에 아빠에게서 느낀 떨림과 똑 닮았다.

그런데 달라.

"모차르트, 피아노 협주곡 20번 2악장. 서나혜는 귀신 씻나락 까먹는 것 같은 곡을 좋아한다. 기억해둘게."

"그래, 아, 안녕."

은한을 비켜 조심조심 발을 디뎠다. 그만 땅에 떨어진 지우개를 헛디디며 휘청거리고 말았다. 은한은 반사적으로 내 팔을 잡아주었다. 순간, 그 애에게서 비누 향기가 풍겨왔다. 그 애에게서 풍겨 나오던 향기는 나를 초조감에 감싸이도록 만들었다. 식은땀이 흐르는 것 같아 이마를 손등으로 적셔보았지만 땀이 나진 않았고 얼굴만 화끈거렸다.

"……."

그 애 품속에서 나는 굳은 듯 눈을 깜빡 깜빡거리다가 그 애를 쳐다보았다. 그 순간, 그 애의 살짝 벌어진 그 입술이 이상하도록 붉었다.

"…… 갈게."

"…… 가라."

"…… 알나리깔나리!"

교실 뒷문에 서서 장기열이 키득키득 웃고 있다. 언제부터 봤을까?

"빨리 가라. 반 애들 오기 전에."

그런데 늦었다. 축구가 끝나자마자 반 남자애들이 우르르 교실로 몰려왔다.

***

"서나혜, 아직 안 갔네? 이 문제 좀 같이 풀어볼까?"

전교 1등을 거의 도맡는 수재 유정우가 문제집을 가지고 달려왔다.

"이상하게 이 문제가 안 풀려. 네가 한 번 풀어 봐."

"줘 봐."

은한이 수학 문제집을 낚아챘다. 유정우가 어렵다고 한 수학 문제를 학교도 제대로 오지 않는 그 애가 풀 수 있을 리가 없었다. 아니나 다를까. 그 애는 10초 만에 탁, 문제집을 덮었다.

"서나혜, 부탁해."

그 문제를 이어받은 나는 3분 만에 풀어냈다.

"역시 머리가 좋군."

"너한테 비하면 아직 멀었어."

"하하, 나빴다."

불현듯 은한이 소리쳤다.

"차별하냐? 왜 갑자기 청산유수야? 혹시 저런 애가 …… 아니지?"

갑자기 은한이 탁하고 자기 수학책을 펼쳤다.

"이거! 몰라."

"가르쳐 줘?"

"너 말고, 서나혜가."

"……"

"또 꿀 먹은 애처럼…."

"공식."

"공식이라니?"

"공식을 알아야 풀 수 있어."

"그딴 건 몰라."

"이거야."

"이상한데?"

유정우의 말대로였다. 아주 간단한 문제인데 이상하게 풀리지 않았다.

"뭐라고?"

그 애가 바짝 다가왔다. 풀리려던 문제가 또 엉클어졌다. 그건 어쩌면 그 애의 몸에서 풍기는 비누 냄새가 코끝을 간질여서일지도모른다. 왠지 숨을 편히 못 쉬었다. 그 애의 입에서 숨결이 나올 때마다 숨이 찼다. 한번 의식을 하니 점점 숨쉬기가 곤란하고 숨이 차올랐다. 너무 떨려서 글씨도 못 쓸 지경이었다.

"모르겠어."

나는 가방을 들고 일어섰다.

"왜 일어서?"

"유정우에게 부탁해."

"네가 이 문제를 못 푼다고?"

"…… 안녕."

한시라도 빨리 그 애에게서 벗어나고 싶어서 걸음을 서둘렀다.

4. 질투쟁이 종이비행기

***

 같은 학교, 같은 학년이며 같은 영어 학원에 다녀도 단 한 번도 말해본 적 없던 김예은이 갑자기 친한 척을 하며,
 "좋아하는 연예인이나 유튜버 있어?"
 라고 물었다.
 "아니."
 "요즘 내가 좋아하는 연예인 좀 봐. 잘생겼지?"
 "그래."
 "네 눈엔 누가 제일 잘생겼어?"
 김예은의 휴대폰에는 남자 아이돌, 남자 배우, 남자 모델 사진들이 있었다. 모두가 우리나라 연예인인데 두 명만 외국인이었다.
 "이 사람……"

"리즈 시절 브래드 피트?"

사진을 자세히 보았다. 눈도, 코도, 턱도 그 애와 닮았다. 하물며 활짝 웃을 때 모습마저 닮았다.

"이 사람은 누구야?"

"티모시 샬라메."

예민한 소년 같은 모습이 어디선가에서 본 것 같았다.

"나혜 넌 외국인이 취향이구나. 이 둘 중에 누가 더 마음에 들어?"

솔직히 은한과 닮은 리즈 시절 브래드피트가 더 멋져 보였다. 그런데 이상한 일은 그 잘생긴 리즈 시절 브래드 피트보다 은한이 더 멋지게 보였다는 점이었다. 그런 마음이 친하지도 않은 애한테 들키기 싫어서 나는 두 남자 중에서 예민한 소년 쪽을 가리켰다. 그러자 김예은이 함빡 미소 지으며 누군가에게 손을 흔들었다.

"애래."

갑자기 나타난 은한이 내게 못마땅한 시선을 던졌다.

"유정우와 똑 닮았지?"

"전혀."
"닮은 거 같은데?"
"하나도."
"유정우와 판박이야. 그렇지, 나혜야?"
"모르겠어."
"모르긴 뭘 몰라. 봐! 역시 은한이 네 착각이었지? 내 말대로 저런 모범생은 같은 모범생만 좋아한다고! 그러니까 저런 애 두고 나랑 놀자."

 아무 거리낌 없이 은한에게 팔짱을 끼는 김예은을 본 그때, 난생처음으로 겪는 낯선 감정에 휩싸였다.

 부러움 반, 분노 반.

 평소보다 높은 톤의 들뜬 김예은의 목소리가 귀에 거슬려 다시 그 애들을 보았다. 김예은이 아무렇지도 않게 대화를 이끌고 있었다. 그러자 또 낯선 감정에 휩싸였다.

 부러움 반과 수치심 반.

 대체 어디에 숨어있다가 왜 하필 지금 나타난 거지? 이런 감정 모르고 싶은데….

***

　다음 날 학교가 마치고, 영어 학원에 도착해 강의실로 들어갔다. 익숙한 강의실이 왠지 조금 낯설게 느껴져서 둘러보다가 내 시선이 한 곳에서 멈추었다.
　블랙 셔츠와 청바지를 입은 헌칠한 남자애가 등을 돌리고 김예은과 이야기를 나누고 있었다. 그 남자가 고개를 돌린 순간, 내 얼굴이 굳어졌다. 은한이었다.
　은한의 시선이 내게 머무른 걸 느끼고 또 떨림이 일어났다.
　"내 친구야."
　김예은의 소개에 애들이 은한을 쳐다보았다. 나 또한 그랬는데 김예은과 바짝 붙어 있는 모습이 얼핏 보였다가 흐려졌다. 콘택트렌즈의 이상일까, 내 눈의 이상일까? 눈앞의 세상에 온통 뿌옇게 안개가 끼었다. 머릿속도 하얗게 되어 무작정 노트를

뚝, 눈물 한 방울이 '개'라고 쓴 글씨 위로 떨어졌다.
이때 나는 자신의 마음을 외면하는 것, 무섭거나 어려운 것에서 눈길을 돌리는 것에서 파생되는 피해가 얼마나 큰지 깨달았다.
"53페이지 펴세요."
수업 시간이 되었다.

***

툭, 책상 한가운데로 종이비행기가 휘이, 날아왔다. 강의실 뒤를 돌아보니 그 애가 고개를 끄덕였다. 그 비행기를 집어 든 나는 한쪽 날개에 쓰인 글자를 보았다.

유정우?

여기서 왜 유정우의 이름이 나오는지 아무리 생각해 보아도 알 수 없었다. 나는 볼펜을 들어서 이렇게 적었다.

> X

선생님이 판서하는 때를 기다렸다가 그 애 쪽으로 종이비행기를 날렸다. 곧장 은한의 종이비행기가 다시 날았다.

> 그럼 거짓말?

잠시 생각에 잠겼다가 글씨를 적었다. 조금 전처럼 떨린다고 자신의 마음을 외면하면 안 되었다.

> O

내가 적은 내용을 보고 은한이 웃었다. 또 종이비행기가 내게로 날아왔다.

좋았어!

5. 족쇄

***

"남의 남친 빼앗으면 기분 좋아?"

며칠 후, 하굣길에 네 명의 여자애들이 나를 둘러쌌다. 내가 그냥 비켜 가려고 하자 김예은은 물귀신처럼 내 팔을 붙들고 늘어졌다.

"야! 은한이 곁에 알짱대지 마!"

"그런 적 없어."

"수업 중에 종이비행기 날리는 거 다 봤어."

"그건 다른 이유가 있어."

"왜 너희 둘에게 다른 이유가 있어야 해? 서나혜, 잘 들어! 경고하는데 한 번만 더 내 남친에게 꼬리치다가 들키면…… 일단 얼굴에 손톱자국을 내주고 개망신을……."

"그 남친 이름이 뭐냐?"

"은한이."

"나? 그건 금시초문인데?"

김예은의 얼굴이 사과처럼 새빨개졌다.

"아, 아니 그게…… 애가 건방지게 굴어서……"

"어지간히도 건방졌겠다. 고개도 못 드는구먼."

"야! 마주 봐! 누가 겁주기라도 했어?"

은한은 정색한 얼굴로 차갑게 김예은의 손을 뿌리쳤다.

"비켜."

은한은 내 손을 잡아당겼다.

"가자."

그때부터였다. 세상이 완전히 뿌옇게 되었다.

"여기 봐."

역시 콘택트렌즈가 이상한 걸까? 종이비행기를 주고 받은 다음 날부터 그 애를 보려고 하면 이상하게도 세상이 뿌옇게 변하는 농간을 부렸다. 어떻게 이런 일이 일어날 수 있지?

"……갈래."

난 그 애의 손을 뿌리치고 바로 집 방향으로 내달렸다. 그런 내 등 뒤로 천둥소리보다 큰 은한의 목소리가 따라왔다.

"010-5678-1234!"

***

그날 밤, 휴대폰에 이 11자리 숫자를 찍어놓고 1시간째 보았다.

'저장'

이 두 글자 위에 손가락을 가까이 대었다가 화들짝 놀라 떼었다가 반복 중이었다.

은한의 카톡에 자신이 새로운 친구로 뜨게 만들기는 싫었다. 그러면서도 은한의 카톡 프로필이나 sns는 보고 싶었다.

갈팡질팡하다가 다이어리에 적었다.

```
010-5678-1234
```

***

은한과 나는 평행선을 달리는 듯했다. 종이비행기 이후부터 그 애 앞에 안개가 낀 것처럼 또렷이 보이지 않았고, 어쩌다 선명히 보일 때는 무서움을 느꼈다. 벌써 며칠째 다리가 후들거리는 듯한 떨림이 진정되지 않았고 자꾸 은한을 피해서 다녔다.

학원이 마쳤을 때, 주변이 어둑하다 싶더니 비가 내리기 시작했다. 다시 학원에 가서 우산을 가져올 수 있었지만, 그 애와 마주치기 싫어서 관두었다. 그날 비는 촉촉하게 내렸지만, 골목에 들어섰을 무렵에는 꽤 묵직하게 내리기 시작했다.

'뛰어야겠다.'

그렇게 생각한 순간, 갑자기 포근함이 나를 감쌌다. 뜬금없이 우산 속에 있었다. 나는 잠시 하얀 바탕에 점무늬가 있는 우산을 쳐다보았다.

"집까지 데려다줄게."

대답을 망설이던 그 순간 똑똑, 빗방울이 떨어지는 소리가 끊임없이 들렸다 그러나 우산 안은 고요하였다. 그래서 나의 두근대는 심장 고동이 옆에 있는 은한에게 전해질까 봐 걱정되었다. 그런데 비 오는 날이 이렇게 아늑하였나?

그 애 쪽에 슬쩍 눈길을 던졌다. 그 애는 비를 맞고 있다시피하고 있었다.

'너도 써.'

말하고 싶은데 목소리는 나오지 않았다. 대신 나는 손을 뻗어 우산 손잡이를 은한 쪽으로 밀었다. 그 애는 머쓱한 표정을 짓더니 회색 후드를 대충 덮어썼다. 그러고는 아무 말도 없이 혼자 뚜벅뚜벅 비를 맞으며 가버렸다. 황당한 표정으로 그 뒷모습을 지켜보던 나는 떨고 있었다.

"이상해."

간질간질했다.

이건 대체 무슨 느낌일까. 분명한 건 예전에 느낀 무서움과는 달랐다.

설렘.

왠지 이 단어가 이런 느낌일 것 같았다.

다시 집으로 걸음을 옮겼다. 자꾸만 가슴이 간질간질했다. 할 수만 있다면 긁고 싶었다.

"왜 여기…."

딩동!

저 은한, 왜 우리 집의 옆집 벨을 누르고 있지? 그

런데 그 집 문은 왜 자동으로 스르륵 열리지? 그리고 왜 은한은 당당하게 마당을 지나 계단을 밟고 그 집 현관까지 다가갔지? 그리고 안에서 왜 여성분이 나와 그 애의 두 손을 잡지?

"고모! 용돈 좀 주세요."

여성분이 지갑을 열어 반짝이는 갈색 돈을 건네는 모습이 보였다. 돈을 받은 그 애는 고모라는 여성분의 한쪽 손을 잡고 끌어당기더니 손등에 입을 맞추었다. 호호호, 여성분의 호들갑스러운 웃음소리가 대기에 가득 찼다.

"이거 봐."

그 애가 5만 원짜리 한 장을 흔들고 있었다.

"공돈 생긴 기분이다. 따라와."

가만히 뒤를 따라가던 나는 멈칫 걸음을 멈추었다. 어린 시절 혼자서 놀곤 했던 놀이터가 나타났다. 그때, 그 옛날 아빠가 처음으로 내 이름을 불러 주었던 곳이었다.

"나혜야."

그 애가 나를 부르는 소리가 들리자 왠지 현기증이 일었다. 어느덧 해 질 무렵이 되고 붉은 석양이 그 애의 얼굴 위로 내려앉았다.

"나혜는 당연히 자장면이지?"

중화요리점 주인아저씨가 물었다.

"왜 당연히 자장면인데요?"

"우리 집 자장면이 최고니까."

"아하! 그럼, 저도 자장면 주세요. 탕수육도 주시고요."

"오케이!"

그 후로 짧은 침묵이 흘렀다. 마치 그때 같았다. 아빠와 온 그 늦은 오후……

"게임 해?"

"아니."

"그럼, 책 읽어?"

"아니."

"그럼 쉴 때 뭐해?"

"음악 들어."

"오, 이제 말이 통하겠군. 누구 좋아해?"

"예브게닌 키신. 클라우디오 아라우."

"뭐 하는 양반들인데?"

"피아니스트."

"어떤?"

"그 손끝에서 피어오르는 선율이 너무 황홀해서 꿈을 걷는 것처럼 만드는 분들이야."

좋아하는 피아니스트가 대화 주제가 되자 나도 모르게 말이 많아졌다. 그런 나를 흥미롭다는 듯 그 애가 지켜보고 있었다.

"……."

은한의 입에서는 한마디의 말도, 조금의 미소도 없었다. 그저 마주 보고만 있었다. 마치 그때 아빠처럼.

닮았다.

그래서 이 앨 보면 떨림이 일어났던 걸까? 그 떨림이 무서워서 어서 벗어나고 싶었던 걸까? 그러면서도 그 애에게 나를 알리고 싶었을까?

"서나혜."

"……."

"너는 내가 좋아하는 음악 안 궁금해?"

"발라드 아냐?"

"맞아."

"나혜가 친구랑 온 건 첨이지? 기념사진 한 장

찍자! 김치이!"

"괜찮아요!"

"네 아빠하고 처음 온 날도 사양하더니, 또 그런다! 그때 아저씨 말대로 사진 찍어두길 잘했지? 기회 있을 때마다 사진은 찍고 볼 일이지! 자, 김! 치!"

"김, 치!"

은한이 브이자를 그리며 웃고 있었다. 그런 그 애의 밝은 모습이 천진하게 보여서 피식 웃고 말았다. 그때 찰칵, 카메라의 셔터를 누르는 소리가 울렸다.

"음식은 조금만 기다려라."

내 시선은 자꾸만 사진으로 향했다. 짙은 어둠이 물러가고 아침이 오듯이 폴라로이드 필름에 밝은 피사체가 모습을 드러내고 있었다. 잘생긴 남자애, 그리고 수줍게 웃는 여자애가….

"나도 보자."

"안 돼."

그걸 본다면 단번에 들킬 게 뻔했다. 이 마음을.

나는 슬그머니 바지 주머니에 사진을 넣었다. 다

행히 그 애는 사진 따위에는 크게 관심이 없었다.

"너도 먹어."

"응."

나도 젓가락을 들었다. 그런데 잠깐! 이 음식은 왜 이렇게 까맣지? 거기다 면은 왜 이렇게 길지? 마치 자장면을 처음 먹는 사람처럼 궁금해졌다. 그러자 갑자기 부끄러워졌다.

"왜?"

그 애가 쳐다봐도 절레절레.

"안 먹어?"

그 애가 단무지를 건네줘도 절레절레.

"맛없어?"

그 애가 탕수육에 소스를 부어도 절레절레.

"아, 미안. 찍먹이었어?"

자꾸만 숨고 싶었고 고개를 숙이고 싶었다. 어디 쥐구멍이라도 없나 찾아보아도 그런 게 있을 리가 없다.

"…… 가자."

"한참 만에 하는 말이 겨우 그거냐? 또 하고 싶은 말은 없어?"

"…… 안녕."

"하하하! 알았어. 안녕!"

은한은 시원하게 팔을 흔들며 다른 길로 걸어갔다. 그 애가 보이지 않자 나는 다시 걸음을 옮겼다.

***

그날 밤 내내 시시때때로 은한의 모습이 머릿속에 떠오르곤 했다. 걔가 떠오를 때면 가슴 한쪽이 간질거렸고 자꾸 웃음이 터져 나왔다.

> 닮았다

오늘 날짜의 다이어리 칸에 적었다. 그리고 마지막 장을 펼쳤다. 감쪽같아 사라진 아빠와의 사진이 꽂혀있던 자리에 오늘 은한과 찍은 사진을 꽂았다.

```
010-5678-1234
```

 한 번호, 한 번호 확인해가며 휴대폰 키패드에 번호를 누른 후, '저장'을 꾹 눌렀다.
 "우와!"
 신기하다. 카톡에 새로운 친구로 '은한'이라는 이름이 떴다! 은한이 올린 농구, 축구 선수들 사진을 보던 그 순간 왠지 속이 후련했다. 무언가 족쇄 하나가 풀린 것처럼.
 이러고 있을 때가 아니다. 서둘러 그 애만을 위한 멀티 프로필을 만들었다.
 프로필 사진도, 배경도 모두 기본으로 설정하고 내 이름은 'K.466'으로 변경했다. 그 애가 알아볼까?
 "모든 금지된 것이 풀리고 있어."
 혼잣말을 중얼거렸을 때, 열린 창문에서 시원한 바람이 불어왔다.

6. 행복이란 것

***

 만발한 장미마다 빛나고 있었다. 장미야 원래 아름다운 꽃이지만, 이토록 빛났던 적이 있던가? 비도 내리지 않았는데 장미 꽃망울마다 이슬이 매달려 햇살에 반짝이는 것처럼 빛나 보였다.
 초록이 푸른 아름다운 이 여름, 나는 내 심장 둘레를 핑그르르 감도는 태어나 처음 느끼는 감정들에 에워싸여 있었다.
 설렘.
 흥분.
 기쁨.
 거기까진 이해했다. 그런데 요즘 들어 아주 낯선 감정 하나가 더 나를 감싸기 시작했다. 심장 한중간을 관통해 전신으로 퍼져가 세포 하나하나 푸근하게 만드는 이 감정의 정체는 무엇일까?

"행복해."

지나가던 아이의 말에 내 심장이 철렁했다. 열여덟 해를 살아오면서 한 번도 이 감정을 느껴본 적이 없음을 깨닫고 놀란 점도 있지만, 그보다 '행복'이란 감정이 이토록 포근하며 거룩한 감정임에 놀랐다.

"도망치지 않게 도와주세요."

느티나무 앞에 가서 기도했다. 이 거룩하도록 아름다운 감정에서만큼은 절대로 숨지도, 도망치지도 않아야 했다.

"그 앨 좋아해요."

내 기도에 답하듯 하늘에 떠 있던 동그란 구름이 약간 일그러지다가 하트 모양이 되었다. 나는 몸을 돌려 약속 장소로 가려고 했다.

"어?"

개가 있었다. 다리가 길고 털은 시커멓고 이유는 모르겠으나 입을 헤 벌리고 혀를 내밀고 있다. 아마도 셰퍼드라는 종일 것이다. 갑자기 마음이 초조해졌다.

"강아지야. 비, 비켜주지 않으련?"

 말이 통하는 걸까. 꼬리를 휘적휘적 흔들어댔다. 가만 보니 목줄도 하고 있다. 이럴 때일수록 침착함을 가져야 한다. 다리가 떨리는 것 같지만 조심조심 걸음을 옮겨 가기 시작했다. 그 순간 주저앉아있던 셰퍼드가 불쑥 몸통을 펴고 내 쪽으로 껑충 뛰었다. 덩치가 송아지만 하다. 거기다 목줄이 풀려있다. 순간 내 다리에 힘이 쑥 빠져나갔다.

 "꺅."

 그 순간 나는 하느님, 부처님, 예수님을 애타게 부르짖었다. 그런데 막상 바닥에 부딪힌 순간 내뱉은 말은······.

 "아빠."

 엄마가 아니라 이상하게도 아빠가 떠올랐다. 바로 지금처럼 어딘가에서 넘어졌을 때 부축해준 아빠를 본 적 있었던 것 같다. 그게 언제였지?

 차가운 감촉, 아릿해져 가는 무릎의 감각이 올라왔다. 입에서 거친 숨이 나올 뿐 나는 길에서 넘어진 채 꼼짝하지 못했다.

 뒤에서 다가오는 발소리가 들렸고 그 소리에 맞

물려 개가 큰소리로 짖어댔다. 고개를 든 내 눈앞에 흰 운동화가 보였다. 조금 더 고개를 올리자 은한의 굳어있는 얼굴이 보였고 커다란 손이 다가와 나를 붙잡아 세웠다.

"무서워?"

나는 고개를 끄덕였다. 사실은 내가 무서워한 것이 개가 아니라 은한이라는 건 말하지 않았다. 무릎을 손으로 감싸고 문질렀다. 아릿아릿한 통증이 점점 심하게 올라온다. 쑥 다가온 은한의 손이 내 무릎을 꾹꾹 눌러보고 있었다. 그 애에게서 풍겨오는 비누 냄새가 시원한 공기와 맞물려 신선한 느낌을 주었다.

"집까지 데려다줄게."

"……"

나는 고개를 저었다. 어느새 은한은 몸을 등을 보이고 쭈그려 앉아서 자신을 등판을 두드리며 업히라는 시늉을 하였다.

"싫어."

"왜?"

"그냥."

"공부만 한다고 못 움직여서 살이라도 쪘어?"
"아냐!"

풋 하고 웃는 소리와 함께 그 애의 등이 움찔거렸다. 왜 그런지는 나 자신도 이해되지 않았지만, 그 순간 나는 안심이 되었다. 은한은 다시 고개를 끄덕이며 어서 업히란 시늉을 했다.

"아니, 괜찮아. 윽!"
"거봐. 못 일어서지? 119 불러?"
"이 정도로 그 바쁜 분들 부르긴 그렇지. 조금만 나가면 택시 있을 거야."

다친 사람이라는 게 믿기지 않을 정도로 예사로운 태도를 유지하는 내 모습이 은한에게는 의외였던 것 같다.

"굉장하다. 어른처럼 의연하네? 어서 업혀!"
"됐어. 택시 타면 되는데 뭐."

은한이 일으켜 세워 부축하자, 나는 별다른 저항 없이 그 애에게 몸을 싣고 절뚝대며 걸음을 옮겼다.

"아프지?"
"참을 만해."

은한이 공원 밖으로 내디디는 발이 보였다. 왠지 아쉬움이 일었다.

"타자."

택시가 큰 도로로 진입해 끝없이 이어지는 주행 차량의 행렬에 끼어들었다.

"치료 끝나면 내가 쏠게."

"네가 왜?"

"강아지 일 사과해야지."

"네가 왜?"

"우리 집 개야. 내 동생이 끌고 나왔나 보더라."

"뭐? 그랬던 거야?"

"미안. 뭐 먹고 싶어?"

"떡볶이."

내가 말하자 은한이 환히 웃었다. 그 모습이 조금은 귀엽게 보였다.

나는 차창을 열고 밖을 바라보았다. 호수가 나타났다. 물이 맑지 않아 그다지 아름답다는 생각은 들지 않았고 어릴 적에는 거대하게 보이던 호수가 지금은 그다지 크게 보이지도 않았다. 그래도 보고 있으니 가슴이 시원해졌다. 한편으론 어느 개

한 마리를 떠올리게 했다. 계곡이나 못에 데리고 가면 한겨울에도 뛰어들어 얼음 위를 뒹굴고 얼음을 깨 먹곤 했던…… 국영이……. 그리고 그 개를 데리고 산책하기 좋아했던 아빠……. 병원에서도 국영이를 보고 싶어 하였다. 어쩌면 딸인 나보다 더…….

불쑥 추억이 떠오르면 가슴이 아파졌다. 그리고 곧 잘해주지 못한 안타까움이 차오른다. 그러다 곧 괜찮아진다. 나는 기억력이 좋지 않으니까. 다만, 자꾸만 반복될 뿐이다. 반복되다 보면 학습이 되어 가슴 속 깊이 박혀버린다. 그렇게 가슴 한편에 아픈 추억이 박혀버렸다.

"다 왔어. 내리자."

순식간에 병원에 도착해서 응급의료센터로 갔다. 곧바로 응급처치해주고, 엑스레이를 촬영하고, 뼈나 신경이 다치지 않았는지 확인하자마자 의사선생님이 와서 열린 상처를 고이고이 꿰매주었다. 금세 치료가 끝나고 무릎에 붕대가 감겨있었다. 그 애는 뭐가 그리 좋은지 함박웃음을 머금었다.

"금방 나을 거래. 떡볶이 먹으러 가자!".

병원을 나오자마자 그 애는 빨리 떡볶이를 먹으러 가자고 보챘고 한 가게에서 발걸음을 멈췄다.

"매워요?"

"당연히 맵지."

"2인분 주세요."

입 안이 얼얼해질 정도로 매운 떡볶이를 한입 가득 먹는 은한의 얼굴은 행복해 보였다.

라디오에서 흘러나오는 아이돌의 노래를 들으며 은한이 작게 하품을 했다.

"난 흥겨워서 아이돌 노래가 좋아. 물론 금방 질려버린다는 단점이 있지만, 곧바로 새로운 곡이 나오니 상관없어."

혹시 그 애에게는 사랑도 마찬가지일까?

"두 사람 잘 어울려. 커플이야?"

"그렇게 보이죠?"

그 애는 넉살 좋게 아주머니와 두런두런 이야기를 나누었다. 그러면서도 그 애는 경쾌한 음악에 맞춰 손가락으로 토닥토닥 컵을 두드렸다. 그때마다 은한의 손등에서 힘줄이 툭툭 불거져 나왔다.

"아프면 말하기다?"

"그래."

"도장 찍었다."

은한의 손가락이 미끄러지듯 내 손가락을 파고들어 와 새끼손가락을 걸었고 엄지손가락을 지그시 눌렀다.

나는 은한의 손을 내려다보았다. 길고 매끄러운 나의 손에 비하면 은한의 큰 손은 조금 투박한 느낌이었다.

그런데 아무래도 그 애의 손에서는 전류 같은 게 흐르는 것 같았다. 겨우 손가락 끝이 마주 닿은 정도로 화끈거리는 것처럼 손의 감각이 묘해지는 느낌이었다.

"서나혜."

"왜?"

다시 바라본 그 애의 눈에는 소년다운 천진한 웃음이 깃들어 있었다. 대체 왜일까? 매번 저 눈빛과 말에 말려드는 자신은……

" '꼭' 이다!"

그 애는 유유히 호떡을 파는 곳으로 갔다.

"두 개 주세요."

따라간 나는 그 애가 건네주는 호떡을 한입 베어 물면서 말했다.

"이제 갈래."

"넌 집에 꿀이라도 발라뒀어? 왜 맨날 집에 가려고 해?"

"공부해야 해."

"…… 해라."

그 애가 발길을 돌리고 가버렸다.

화났을까 봐 조마조마했다. 그런 내 마음을 읽기라도 한 듯이 그 애는 팔을 들어 휘휘 흔들었다.

"내일 봐!"

내일……. 꼭 보았으면 좋겠다고 생각하며 집으로 향했다. 왜냐하면 내일은 여름방학이 시작되는 날이며……

***

7월 20일 Am. 12:00. 내일이 오늘이 되었다. 나는 고요한 자정에 깨어나 부리나케 카톡을 열었다. 업데이트한 프로필 3. 그중에 은한의 프로필도 포함되었다.

> o, x?

누구에게, 무엇을 묻는 상태 메시지일까?
 두근두근 가슴이 뛰었다. 여전히 농구 선수가 프로필 배경을 장식하고 있었지만 없었던 배경 음악이 올라와 있었다.

> favorite

이어폰을 끼고 플레이를 눌렀다. 지독하도록 박력 있게 사랑을 호소하는 노래였다. 아이돌의 노래는 거의 듣지 않은 나였기에 그 강렬한 박력과 빠른 속도에 약간의 충격을 받았다. 노래가 끝나자 다시 조용한 밤이 되었다.
 사실 오늘은 생일이다. 그런데 왜 이렇게 고요하

냐고?

 내 생일은 항상 고요했다. 고요함 속에서 자신도 별다른 축하를 하진 않았다. 물론 엄마가 케이크를 사 온 적도 있고, 언니가 선물을 사준 적도 있다. 그래도 고요했다. 그 고요함에 대해 별다른 생각도 없었다.

 그런데 오늘은 달랐다. 축하받고 싶었다. 바로 그 애에게서.

```
                    ㅇ
```

 나도 상태 메시지를 바꿨다. 그러자 또다시 업데이트한 카톡에 은한이 등장했다.

```
              지금 고백한다
```

 이라는 곡으로 은한의 프로필 음악이 바뀌었고 상태 메시지에는,

공원, 7시

라고 적혀있었다.

모두 잠든 이 새벽, 이 시간에도 저녁에 은한과 만날 순간을 미리 걱정하며 떨고 있다.

점점 더 떨렸다.

태어나면서부터 나는 부끄럼을 탔을지도 모른다. 내 어린 머리에, 가슴에 이 무서운 주술을 건 마녀는 슬프게도……

"엄마, 아빠."

동화에도 반드시 등장하듯이 내게도 이 무서운 주술을 풀어줄 '요정'이 찾아왔다. 그건…….

"은한."

잃어버린 나의 욕망, 질투, 눈물. 그리고 떨림을 되살려줄지도 모른다. 그걸 알면서도 그 애가 무서운 게 문제이다.

곰곰이 생각하다 보니 아빠에게 혼났을 때의 무서움과 은한과 있을 때의 무서움은 분명 차이가 있었다. 전자는 나를 보여주고 알아주었으면 하는 마음에서 비롯된다면 후자는 나를 보여주기 싫은 마음에서 비롯되는 것 같다.

 좋아하는 사람이 자신을 알아주길 바라고 가까워지기를 바라는 마음이 보편적일 것이다. 그러나 나는 부끄러웠다. 무엇이 그리 부끄러운지 막연하여 다이어리에 하나하나 적어보았다.

```
* 못생긴 발
* 덧니 하나
* 소심함
* 알몸
* 나
```

 이런 사실을 알게 되면 그 애가 실망하여 멀어질 것만 같았다. 그래서 미리 도망치고 싶었다. 하지만 그래선 안 됨을 알았다. 더 이상 내 진심을 배신하고 싶지 않았다. 그랬다간 또 김예은이 그 애의 옆에 설지도 모른다.

> 함께 가면 어떨까?

 나도 모르게 다이어리에 이렇게 끄적이고 있었다.

> 그러자

 덜덜 떨면서라도 움직여야 한다. 그렇게 하다 보면 내 마음 깊은 곳에 자리한 진심이 그 애에게 닿지 않을까.

7. 블랙 아웃

***

공원, 7시.
"예쁘다."
그 말에 화들짝 고개를 든 나는 정신없이 나를 보고 있는 은한의 눈을 보았다.
"어떻게 그렇게 예뻐?"
"내, 내가?"
나의 당혹스러워하는 표정에도 한없이 이어지는 그 애의 눈길!
"말해보래도."
"모, 몰라."
"모를 리 없어."
그 애의 거듭된 질문에 놀란 나의 눈이 점점이 커졌다.

"이 눈빛은 어떻게 이렇게 빛나는지……. 이 손은 어찌 그리 따스한지……."

그 애는 내 손을 서서히 잡아끌며 자기 쪽으로 잡아당겼다. 그 애에게서 뿜어져 나오는 비누 향기가 코끝을 간질였다.

"…… 몰라."

"정말?"

"…… 가야 해."

내가 지금 뭐라고 하고 있지? 머릿속이 하얗다. 나의 뇌는 고장 난 게 분명했다.

"어디를?"

"집에."

홱 돌아서서 어디로 가는지도 모른 채 걸음을 옮겼다. 그런데 이 걸음은 나의 의지가 아니었다. 그럼 누구의 의지냐고?

모른다. 아마도 무의식적으로 이루어졌을 것이다. 어릴 적의 상처가 가슴 속 깊숙이에 웅크리고 있다가 결정적인 순간에 혹 튀어나와 번번이 도망치게 만들었다,

평소에는 모습을 안 드러내다가 이토록 소중한

순간에 나타나, 내 진심을 배신한 그 비정함에 치가 떨렸다. 지금 이렇게 비감하면서도 멍청한 결과에 이른 이유는 온전히 이 무의식 탓이었다.

이 무의식이 언제 튀어나와 머릿속을 하얗게 만들지 몰라서 나는 그 순간 안갯속을 헤매는 듯 혼란스러웠다. 그런 가운데에서도 한가지는 분명했다,

사랑.

"알려야 해. 이 마음을! 다시 전해야 해. 좋아한다고!"

그리고 내가 그럴 수밖에 없었던 이유를….

> 너는 내가 가장 사랑한 ★과 가장 무서워한 ○를 동시에 닮았어. 그래서 그래

카톡 상태 메시지를 수정했다. 그 애가 나를 이해하게 되길 빌며….

***

다시 공원에 도착한 시간, 저녁 7시 35분. 너무 늦었을까?

가만히 눈을 감았다. 고요하게 들어보았다. 나의 마음속 말소리를.

-고백해!

바람결에 타고 오는 소리에 은한의 말소리는 없을까? 대기에 실려 오는 마음과 시선은 없었는가? 가만히 느껴보았다.

고요했다.

"제발 나타나!"

못 만날까 봐, 못 말할까 봐 가슴이 터질 것 같았다.

공원을 둘러싼 초록 길을 걷다가 농구대를 발견했다. 주변을 둘러보던 내 가슴속에 불현, 따스한 바람이 불었다. 흰 셔츠, 청바지, 큰 키의 남자가 어렴풋이 보였다. 그러자 걱정으로 가득했던 마음속에 각양각색의 꽃들이 피어올랐다.

"좋아해."

느티나무, 은행나무, 소나무들이 나를 가려줄 거라 믿고 은한의 그 뒷모습을 바라보았다.

'가자.'

그런데 걸음은 선뜻 떼지지 않았다. 긴 심호흡을 한 후, 무겁게 한 발 옮겨보았다.

이렇듯 남들의 한 걸음이 내게는 만 보와 같았다. 한 걸음, 한 걸음마다 용기가 필요했다.

"너무 늦은 걸까?"

자꾸만 그런 생각이 들었다. 그러자 은한을 부르기 겁났다. 다가가기도 무서웠다. 그래서 그냥 멈추어 서 있었다.

머릿속이 하얗게 되면 그 무엇도 해낼 수 없었다. 내 마음이 아무리 간절해도, 아무리 오랫동안 애태우고 기다렸던 일도 수포가 되곤 했다.

'겁쟁이'

'겁'은 내가 현실로 가지 못하고 도피처로 향하게 만들곤 했다. 그 도피처란 초라하기 그지없다. 아픔과 슬픔이라는 바람이 부는 공허가 자라는 그곳.

"가자."

그것을 알기에 어떻게든 그 애가 있는 형형색색의 꽃들이 있는 곳으로 가야 했다.

어서 그러라는 듯 등 뒤 작은 수풀에서는 나뭇가지들이 솔솔바람에 사각거리는 소리와 고운 새의 지저귐이 들려왔다.

"왜 나만 이렇게 힘들어야 해? 그래도……"

한 발, 힘겹게 더 떼려고 한 순간이었다.

"너무 슬퍼하진 마."

***

"…… 우리, 별 하나에 아름다운 말 하나씩 불러볼까?"

"사랑 타령도 모자라 이제 별 타령이냐? 그래, 어디 한번 읊어 봐라."

"…… 서나혜."

"으엑! 닭살 돋아!"

밝았다. 그 애는 평소와 다름이 없었다. 조금 전

나의 거절이 아무것도 아니었냐고 묻고 싶을 정도로 은한은 여전히 활발했다. 매사에 진지하게 생각하고 진지하게 변하고 진지하게 말하는 나는 그런 그 애가 이해되지 않았다. 가볍다. 생각도, 변화도, 말도…… 그리고 고백 또한 다르지 않을 것 같았다.

"이 장미처럼 빛깔 나게 사랑해보는 게 내 꿈이야."

나는 그런 대단한 사랑할 자신이 없었다.

한 발, 뒷걸음질 쳤다. 나무 뒤에서 이 광경을 지켜보던 내가 아주 작게 바스락거리는 소리를 냈을 뿐인데도 그 애는 단번에 소리가 나는 쪽을 찾아내 주시했다. 그러자 머릿속이 또 하얗게 되었고, 눈앞의 세상에 뿌연 안개가 끼었다.

무작정 걸음을 옮겼다. 진분홍빛 장미가 언뜻 보였을 때는 이미 공원의 끝이었다.

서낭나무가 보였을 때는 멀리서 은한과 장기열이 웅성대는 소리가 울렸다. 그들의 말에 나 자신이 한 언행의 무게가 새삼 다가왔다. 멀리서 들려오는 말소리와 발소리가 점점 가까워지는 걸 깨닫고 나는 달리기 시작했다.

 그날의 별들은 참으로 밝았다. 별이 너무 밝아 그 무엇도 숨길 수 없을 것 같은 날이었다.

 "어둠, 어둠, 어둠……."

 이 말을 되뇌며 마치 빛을 싫어하는 짐승처럼 무작정 어둠을 찾아 달렸다. 들어가지 말라고 쳐진 금줄까지 넘어서 200년 된 느티나무 뒤로 숨었다. 그곳엔 짙은 그늘이 져 있고 조용했다. 나는 고개를 내밀고 살며시 공원 쪽을 돌아보았다. 가로등이 켜져 있는 공원이 아득하게 멀게 느껴졌다. 이제 다신 그 애에게로 돌아갈 수 없을 것이다.

 나무 뒤쪽으로 깊숙이 몸을 숨겼다.

***

 뼈대 굵은 줄기와 거대한 가지를 가져 아름다웠던 그 나무는 나를 숨겨주기에 충분했다. 느티나무를 내리쬐던 달빛을 가르며 곧은 가지에 손을

대 보았다. 솔보굿의 거친 감촉을 느낌과 동시에 공원 안쪽을 슬쩍 보았다. 나를 찾아 두리번거리는 그 애가 보였다. 평소의 밝고 씩씩했던 모습은 온데간데없었다. 어딘가 초조해 보였고 화가 나 보였다.

"서나혜는 들어라!"
은한이 크게 소리쳤다.
"내일 지구가 멸망한다면 난 너를 만나러 갈 거다. 왜냐고? 좋, 아, 해!"
더 꼭꼭 서낭나무 뒤로 숨었다. 갑자기 다람쥐가 튀어나와 나무 위로 뛰어갔다. 다람쥐가 나온 곳을 보니 군데군데 구멍이 있었다. 그중 가장 큰 구멍에 뭔가가 보였다.

손을 넣어 꺼내서 보니 초록색 상자였다. 아주 아주 오래된 것 같았고 왠지 내가 알지 못하는 시간과 공간에서의 사연이 있을 것 같았다.

흔들어 보았다. 딸랑딸랑 울림이 크게 들렸다. 마치 열어달라는 유혹처럼……

'아빠?'
불현듯 잊고 있던 옛 기억이 떠올랐다. 아빠는 이

서낭나무에 많은 걸 숨겨놓았다고 했다. 어쩌면 이 상자도 아빠가 둔 것일지도 모른다. 그런 생각에 이르자 반드시 열고 싶었다. 하지만 쉬이 열리지 않았다.

"서낭나무에 있는 물건은 함부로 만지는 게 아니야!"

그 애는 빼앗듯이 내 손에서 상자를 가져갔다.

"이리 줘! 열어야 해!"

"왜?"

"…… 몰라."

"넌 공부도 잘하면서 왜 다 몰라?"

"아빠가…… 어릴 적에……."

"알았어. 열어주면 되지?"

그 애가 힘을 주어 상자의 뚜껑을 잡아당겼다. 닫혀 있는 상자는 도통 안 열렸다. 나는 한숨을 내쉬며 나무를 올려다보았다. 그 웅장함에 감탄이 절로 나왔다 옛날 사람들은 이런 나무를 그냥 지나치지 않고 비손하며 치성을 올렸다고 한다. 아빠도 그랬을까?

'열어주세요. 그리고 나무님. 바꾸고 싶어요. 저

를.'

 나무를 우러러본 순간, 그 뒤로 빛의 향연을 볼 수 있었다. 그리고 블랙 아웃이었다.

 다시 눈을 떴을 때는 밝았으면…… 은한처럼.

 용감했으면…… 은한처럼.

2부 은한

1. 별똥별

***

 5월의 어느 날 운동장에서 테니스를 치던 때였다. 교복을 입은 여자애가 혼자 있었다. 시무룩하게 바닥만을 내려다보고 있는 모습이 신경 쓰여 그냥 지나칠 수가 없었다.
 "공 던져줘."
 고개를 든 여자애는 예뻤다. 햇빛에 반사되는 그 애의 머리카락과 눈동자는 칠흑과도 같은 검은 색으로 보였고 머리카락 아래로 보이는 피부는 백설공주처럼 희게 보였다. 그 첫 순간 나는 사랑에 빠져들었다.
 유난히 검은 크고 또렷한 눈동자가 나에게로 향한 채 빤히 보고 있자 왠지 긴장하여 라켓을 든 손에 진땀이 배였다. 초조하게 여자애의 반응을 기다렸지만 나를 바라보던 그 애의 눈은 이내 곧 시큰둥해졌다.

내민 손이 부끄러워 얼굴이 발개지는 것 같았던 나는 그걸 숨기려고 라켓을 높이 들여 흔들었다. 여전히 별 반응 없을 뿐이었다.

실망하며 라켓을 내리려는데 불쑥 여자애의 손이 공으로 향했다. 공을 집는 그 하얀 손을 우두커니 지켜보았다. 그리고 여자애가 일어서 다가와 공을 내밀 때, 왠지 내 가슴속에 기쁨이 스쳤다.

나중에 그 애의 이름을 알게 되었다.

-서나혜

보통 나혜는 다른 애들보다 늦게 하교를 하였다.

한날은 공원 벤치에 다소곳이 앉아 두꺼운 서적을 올려놓고 읽는 모습을 보았다. 과자를 오독오독 씹으면서 정신없이 책을 본다고 고개 한 번 들지 않았는데 머리를 늘어뜨려 얼굴을 가리고 있었다. 나혜가 바람에 날리는 머리카락을 손으로 쓸어내렸다. 여전히 얼굴은 보이지 않았지만 알 수 없는 기대감으로 내 가슴이 뛰기 시작했다.

'아, 뭐야!'

고개를 든 나혜는 그 어느 때보다 예뻤다. 지금 생각해보면 그건 내가 사랑에 빠졌기 때문일 것이다.

아주 잠깐 얼굴을 보여주고는 나혜는 다시 고개를 푹 숙이고 책을 들여다보았다. 나는 그런 나혜 뒤로 펼쳐진 뭉게구름을 보았다.

다시 나혜를 보았을 때, 조금 이상했다. 웃고 있었다. 물끄러미 한 곳을 응시하는 그 눈이 보석처럼 빛나고 있었고 입가에 아름다운 미소를 머금고 있었다.

'농담이지? 왜 갑자기 그런 눈빛으로……'

나혜의 시선이 향한 곳을 따라가 보았다. 내 뒤쪽에 서 있는 남자애가 시선에 들어왔다. 어딘가 부드럽고 신사적인, 정서적으로든 물질적으로든 여유로운 기운이 느껴지는 남자애였다. 이름이 유정우였던가?

나혜는 저런 남자를 좋아할까. 여자애들은 자기 아빠와 닮은 사람을 좋아한다던데, 그렇다면 나혜의 아버지도 저런 느낌의 신사일까.
 그리고 며칠 후,
 "가질래?"
 복도 창 쪽에 기대어 있는 나혜에게 다가갔다. 날 발견한 나혜는 조금 눈을 크게 뜨고 빤히 나를 쳐다보았다.
 "제비나비야."
 나비를 내밀었다. 나혜가 손을 뻗었을 때, 부드러운 손가락이 내 단단한 손가락을 스쳤다. 그 순간 나의 마음속은 온통 열에 들뜬 환희로 가득 찼다.
 "들어볼래? 내가 좋아하는 노래."
 조금이라도 나혜를 더 붙잡아두고 싶어서 해본 말이었다. 나혜가 머뭇머뭇하다가 교실 안으로 걸음을 옮기자, 나는 빠르게 음악을 검색했다. 내가 하고 싶은 말의 제목과 가사의 음악.
 '좋아합니다.'
 나혜가 노래를 듣는 동안에 어느덧 해 질 무렵이 되었지만 나는 나혜를 더 붙들고 싶었다.
 "넌 내게 들려주고 싶은 음악 없어?"
 나혜가 휴대폰을 꺼내 들었다.

"모차르트, 피아노 협주곡 20번 2악장."

내가 음악을 틀자 아름다운 음악이 울려 퍼졌다. 나는 우뚝 멈춘 채 음악에 귀 기울였고 나혜는 의자에 앉은 채 눈을 꼭 감고 있었다. 밤하늘 은하수처럼 신비로운 선율이 울려 퍼졌다. 이상하게도 그 순간 아련한 눈물이 나혜의 뺨을 타고 내려왔다. 그 모습이 무척이나 예쁘게 보였다.

아마 그 순간부터 서나혜를 사랑해왔을 것이다. 그래서 고백하려고 다짐했다. 당장에라도 고백하고 싶었던 그때, 또 한 번 직감이 나의 등줄기를 타고 내려갔다. 지금까지 데이터로 보면, 내가 지금 당장 사랑 고백이라도 했다가는 서나혜는 하늘을 나는 새보다 더 멀리 날아가 버릴 것이다. 그래도 어쨌든 언젠가는 해야 하므로 미리 마음의 준비를 하게 만들려고 했다.

내 폰 번호를 전달해준 후 내내 나혜의 연락을 기다리며 카톡을 들락거렸다. 깊은 밤까지 변동이 없다가 프로필 사진도, 배경도 없이 추천 친구 하나가 나타났다. 그 이름은 'K.466'이었다.

'K.466'이 무슨 의미인지 검색해보았다.

> Piano Concerto No.20 In D Minor, K.466
>
> (피아노 협주곡 20번 라단조 K.466)

음악을 들어보았다.
 "그거다! 나혜 거다! 잠깐!"
 문득, 아무리 클래식 문외한이어도 시시하지 않은 연주인 것을 직감한 나는 연주자를 확인했다.

> Evgeny Kissin

주먹을 불끈 쥐었다. 됐다!

 "하느님, 부처님, 예수님 감사합니다!"

 당장 '고백'에 관한 음악을 내 프로필 음악으로 올렸다.
 그날부터 사랑, 그 달콤한 여운이 내 가슴을 감

돌기 시작했다. 가도 가도 깊어지는 이 사랑을 고백하지 않고는 못 배길 지경이었다.

"하느님, 부처님, 예수님! 지금 서나혜에게 고백하려고 해요! 도와주세요!"

그 후로 고백하기 위해 몇 번이나 도전했다. 그럴 때마다 나혜는 삼십육계 줄행랑이었다.

"이제 그만 포기할 때도 되지 않았나?"

친구 기열이 말했다.

"열 번 찍어……."

"안 넘어가!"

기열은 단호했다.

"짚신은 짚신을 만나는 법. 모범생 나혜를 위해서라 생각하고 대장부답게 포기해."

"아아, 요즘 세상에도 신분의 벽이 있었구나! 열등생은 우등생에게 고백도 못 하나!"

"자꾸 까이니까 하는 말이지! 남부끄럽지도 않디?"

"아아……."

주마등처럼 스쳐 지나가는 순간들을 떠올리고 나도 모르게 아쉬움의 탄식이 입에서 흘러나왔다.

***

"뭐야?"

별똥별이 비처럼 내리고 있었다. 그런데 나혜는 어디에 있지? 아까 분명…… 그런데 어째서 지금 내가 여기 누워있지? 공원 바닥에…….

"나, 죽었어? 저기 쓰러져 있는 내 몸이 보이는데?"

내가 말을 했다. 그런데 목소리가 낯설었다.

서광 같던 빛에 눈이 부셔 눈을 감았다가 정신을 잃었고 다시 눈을 뜨자, 세상은 온통 별빛이었다. 검푸른 밤하늘 속에서 별들이 장대 빗줄기처럼 쏟아져 내리고 있었다. 먹먹히 하늘을 보던 내 두 뺨에 눈물이 죽죽 흘러내리고 있었다. 자꾸만, 자꾸만 별이 떨어졌다. 내가 딛고 선 땅이 흔들리고 요동치는 것 같다.

내가 죽었구나? 겨우 열여덟 살인데…… 어라?

근데 왜 움직이지? 내가 좀비라도 되었나?

 꿈! 꿈이었군.

 나는 다시 두 눈을 감았다. 왜 이렇게 되었는지 생각해보자. 방금 무슨 일이 일어났는가?

***

 실연했다.

 서나혜가 나를 외면했다. 아무리 바라보아도 한 번 돌아보지 않았다. 그다지 기분이 좋지 않았다. 실망감에 그 자리에서 부리나케 벗어났다.

 "못된 계집애. 다신 안 봐!"

 소리치면서도 손과 눈은 자꾸만 나혜의 카톡 프로필을 확인했다. 10여 분이 지났을까.

너는 내가 가장 사랑한 ★과
가장 무서워한 ○를
동시에 닮았어. 그래서 그래

 나혜를 도통 모르겠다. 보이지도, 들리지도, 만져

지지도 않은 안개처럼 나를 혼란스럽게 만들었다.

"★과 ○가 뭐지?"

지구상에 사는 생물 중 아마 가장 복잡한 건 인간일 것이다. 이런 인간들의 마음에도 공식이 있으면 좋겠다.

인간은 과거와 현재, 미래가 다 얽혀 자신의 마음조차 풀어내기가 어렵다. 그런데 타인이 풀 수 있을까? 나혜처럼 말이 없어서 도통 속을 알 수 없는 애는 사랑할수록 그 풀이 과정이 더 복잡해지는 것 같다.

"나는 머리가 좋지 않다고! 그래도 이번이 마지막이다."

스스로 다짐하며 이 바보는 다시 나혜에게 고백할 궁리하기 시작했다. 그러다 불현듯 알 수 없는 직감에 멈춰 서서 뒤를 본 순간, 발견했다. 나혜가 쳐다보고 있었다. 그 기쁨은 잠시고 곧 나를 피해 도망치는 나혜가 보였다. 따라서 달렸다. 꼭 말해야 했다. 좋아한다고!

황당하게도 서낭나무 뒤에서 나혜는 발견했다. 무얼 하나 보니 녹슨 초록색 상자를 열려고 악쓰고 있었다. 그 모습이 밉게 보일 정도로 이해되지 않았지만, 한 편으로는 안타까웠다.

"줘 봐."

오래전에 밀봉된 상자인지 도통 안 열렸다. 심호흡을 내뱉으며 젖 먹던 힘까지 힘을 주었다. 제발 나혜를 붙잡을 수 있길 기도하며.

'제발 이 마음 좀 알아주기를! 양말이면 뒤집어 보일 수라도 있지. 나혜에게 속속들이 다 보여주고 싶어요. 나를요! "

그 후로 기억이 없다.

***

깨어나니 지금껏 내가 아는 사람 중에서 가장 낯익은 동시에, 낯선 인물이 바닥에 쓰러져있었다.

"죽은 거 맞겠지?"

그건 바로 나였다.

감히 하늘을 올려다보기 두렵고 겁을 먹은 듯 손

가락 하나 움직일 수 없었다. 그저 눈물을 흘렸을 뿐이다.

 단순히 두려워서 운 것만은 아니다. 열여덟 어린 내가 주체하기에는 벅찬 슬픔이 밀려왔다. 그건 아마도 더는 내가 그 무엇도 어찌할 수 없다는 것에 막막함을 느낀 것이다.

 유성이 사라졌다. 아찔할 만치 강한 바람도 그치고 흔들리던 나뭇잎도 잠잠해졌다. 눈앞의 모든 것이 빛을 잃고 어둠이 내려있다. 주변은 칠흑처럼 어두워 시선을 아래로 거두며 두 눈을 질끈 감았다. 그때, 문득 떠오른 사랑스러운 얼굴 하나.

 "가야지……. 저승이든…… 어디든……."

 자리에서 일어서려 하니 이마에서 땀방울이 번들번들 흘러내렸다. 두 다리가 휘청거렸다. 지금은 그 무엇도 갈피를 잡을 수 없다. 그저,

 "나혜에게 가서……."

 무사한지 확인하고 싶다. 어디서 들은 것처럼 인간에게 영원한 것이 있을 수 있다면 이 사랑이야말로 영원한 것 같다. 내가 죽은 이 마당에도 서나혜의 안전이 걱정되는 것이 신기했다. 이럴 때가 아

니다. 한시라도 서둘러 찾아야 했다. 제발 무사하길! 빌며.

"한아!"

친구 장기열이 달려와 소리쳤다. 내가 의식이 없자 울면서 의식을 잃은 내 몸을 흔들다가 인공호흡을 시작했다. 한참 가슴 쪽을 누르다가 안 되니 이젠 입술을 벌리고 직접 숨을 불어넣으려 했다. 그 끈끈한 우정에 눈물이 솟구쳤다.

"미친! 어딜 만져!"

"어디냐니? 입으로 공기를 불어 넣어야 네가 살아나……"

"미쳤어? 저리 가!"

"한아? 살았구나! 정신이 나간 것 같지만 안 죽어서 다행이다. 으흐흑!"

기열이 울음을 터뜨리며 어깨를 들먹대었다. 그 우정에 감탄하면서도 머리가 지끈거리기 시작했다. 이건 또 무슨 상황일까? 그, 그거인가? 죽은 사람 몸에 들어가서 그 사람인 척하는 거.

"물렷거라! 당장 물렷거라!"

턱턱턱턱턱턱턱, 정확히 7번 등을 두드렸다. 왜 7

번이냐면 행운의 숫자이기 때문이다.

"서나혜, 미쳤냐? 왜 겨우 깬 사람을 때리는데?"

"이 몸에 사령이 들었다!"

"사령? 내 보기엔 네게 들어간 거 같다. 서나혜."

"뭐?"

"난 은한이가 잘못되는 줄 알고 얼마나 놀랐는지 몰라. 이젠 괜찮냐?"

"…… 서나혜."

"어이그, 죽다 살아나서도 서나혜냐? 이놈아! 정신 차려!"

"…… 서나혜라고."

"알지 알고말고! 네 마음은 오로지 서나혜! 일편단심이란 말이지?"

"내가…… 혹시…… 미쳤나? 내…… 몸이 왜 움직이지? 너, 누구야?"

"…… 서나혜."

내 몸을 한 누군가는 눈을 뜬 이후로 '서나혜'라는 말밖에 안 나오는 고장 난 레코드처럼 그 이름 석 자만 되풀이해 말했다.

"지금 고백 타임인지? 내가 눈치 없이 끼어든 건가?"

"이게 고백 분위기디?"

"됐다, 됐어. 난 몰라. 뭐든 무사하기만 하면 되지 뭐."

기열이 다시 아이처럼 훌쩍였다. 좋은 녀석! 왠지 내 눈에도 눈물이 글썽였다. 그러자 마음이 진정되었다. 지금은 꿈꾸는 중이 분명하다.

"아야! 서나혜! 왜 남의 볼을 꼬집어?"

"꿈인지 아닌지 궁금해서야! 내가 얼마나 놀랐으면 이러겠냐!"

"하필 나냐고!"

"넌 건강하잖니."

"건강해도 그렇게 꼬집으면 아파. 아프다고!"

그렇다는 건 꿈이 아니란 거다. 하하하! 그, 그렇다면 사고 충격으로 잠시 정신이 어떻게 된 거겠지. 마, 맞지?

"뭐, 뭐야? 왜 여자가 남자 몸을 더듬어?"

아직 내 심장은 펄쩍펄쩍 잘 뛰고 있었다. 그거면

되었다. 설령 사령이 들어와 있더래도 기회는 있을 거다. 쫓아내고 다시 ……

"서나혜, 너 웹툰 같은 거 보냐?"

"안 봐."

"내가 너한테 묻디? 서나혜에게 물었잖아. 네가 좋아한다고 대신 대답하냐?"

"그만! 그만!"

"불쌍한 한이. 서나혜가 엄청나게 싫어하네? 근데 서나혜, 너 원래 이렇게 싸가지 없었어?"

"…… 이상해."

내 몸을 차지한 사령(?)이 조용히 말했다.

"그렇지? 네가 봐도 서나혜 이상하지? 이제 마음 접어라."

"…… 은한."

"왜?"

"서나혜, 왜 또 네가 왜 대답해?"

"…… 그랬구나."

사령(?)은 기열은 남겨두고 나만 주차된 자동차 앞까지 데려갔다. 미러에 서나혜의 얼굴이 나타났다.

"체인지했어."

"뭐?"

"바뀌었단 뜻이야."

"뭐가?"

"우리 영혼이……"

나는 잘 알아듣고서 순순히 이 괴이한 현실을 받아들였다.

"뭐 그럴 수도 있지."

무려 칠십억이 넘는 인류 중에서 이런 신비한 일을 몇 명 정도는 이미 겪었을지도 모른다. 두 청소년이 영혼과 몸이 바뀐 게 칠십억 인류를 생각하면 무슨 큰일이겠는가! 남자답게 통 크게 받아들여야 한다. 흔치 않은 경험이므로 겪어보는 것도 나쁘지 않……나?

그럴지도 모른다. 평소 도망치기가 특기인 나혜가 달라졌다. 나의 몸을 차지(?)한 나혜는 평소 소심했던 모습이 온데간데없었다.

"내 탓이야. 내가 소원 빈 것과 동시에 별똥별이 내렸어. 너처럼 되고 싶다고 빌었거든."

"아아. 그랬구나."

가만, 나도 무언가 기도를 한 것 같은데? 양말처럼 뒤집어 나의 마음을 속속들이 보여주고 싶다고······
 "하하, 두 사람 다 소원이 이뤄졌네. 좀 요상하게."
 골치가 지끈거렸다.
 "은한아! 아무래도 너 좀 이상해. 내가 집에 데려다줄게."
 "나혜야."
 "짝사랑하다가 머리가 어떻게 된 거 아냐? 병원 안 가도 돼?"
 "나혜라고······"
 "그래그래, 서나혜 때문에 속상하겠지. 그렇게 좋아했는데······"
 "그만! 입 좀 닫아!"
 "서나혜, 아까부터 네가 뭔데 나대?"
 "너 같으면 짝사랑 상대 앞에서 마음이 까발려지고 싶겠냐? 아까부터 네가 왜 대신 남의 사랑을 고백하고 있냐!"
 기열이 깜짝 놀라서 쳐다보았다.

"서나혜, 그렇게 안 봤는데 터프하네? 딴사람 같다."

내가 봐도 – 나, 은한 행세하는 – 나혜는 아무리 봐도 담담하게 보였다. 마치 이렇게 되길 바란 사람처럼.

"됐고 나랑 가자."

내가 기열을 잡아당겼다.

"안 돼! 죽어도!"

"뭐가 그렇게 비장하냐?"

"난 절친이 좋아하는 여자애와 단둘이서 집에 갈 사람이 아냐!"

원래 기열은 의리가 있다.

"그건 그렇지."

"알면 다신 그딴 소리 마라."

커다란 덩치를 하고선 조르르 –나로 보이는– 나혜에게 달려가는 꼬락서니하고는……. 두 눈 뜨고 못 볼 지경이라 –아무리 봐도 나로 보이는 – 나혜를 붙잡아 세우려 했다. 언제나 그래왔듯.

'내 몸이야! 당장 내놔!'

이렇게 소리치고 싶지만 입도 벙긋 못했다.

'기열아, 나, 여기 있어!'

인어공주의 심정이 이럴까? 입을 열 수가 없었다. 그저 텔레파시라도 통하길 빌 수밖에 없었다. 내 몸속에 영혼이 들어간 나혜, 그렇게 좋아하는 나혜를 내 몸에서 쫓아내고 싶은 마음이 부끄러웠기 때문에……. 그랬다. 나는 여자가 된 게 싫었다. 뭔가……

부끄럽다.

"서나혜는 안 된다고 했지! 한아, 쟤가 나를 좋아하나 봐! 그래도 나는 절대 안 흔들려! 내 맘 알지?"

후우, 기열이가 바보 같다.

"알지, 알지! 같이 가!"

"서나혜! 제발 저리 가!"

나혜의 모습을 한 내가 다가오는 것을 본 기열은 걸음아 날 살려라 하고 달아났다.

"여기."

"뭐?"

"열쇠. 너도 줘."

우리는 서로 집 열쇠를 교환했다.

나혜를 우리 집에 데려다주었다. 대문 안으로 들어서기 전, 나혜는 미소를 지으며 나를 쳐다보았다. 그 미소에 눈앞의 희뿌연 안개가 걷히는 것 같아서 나도 따라 웃었다.

"안녕."

내 모습을 한 나혜는 스스럼없이 대문을 열고 안으로 들어가 버렸다. 홀로 남은 나는 발길을 돌려 어두워진 거리를 걸었다. 10분도 안 되어 파란 대문의 나혜의 집이 보였다.

이 안에는 어떤 사람들이 어떻게 살아갈까. 앞으로 어떻게 살아가야 할까. 아니, 당장 안 들킬 수 있을까? 부모가 자식을 못 알아볼 리가 없을 테니…… 그보다 얌전, 소심 나혜인 척할 수 있을까?

내가 열쇠를 흔들자, 열쇠와 공룡 캐릭터 고리가 맞부딪히며 달카당달카당 경쾌한 소리를 냈다. 대문에 열쇠를 꽂았다. 찰카닥, 문이 열렸다.

2. 남녀칠세부동석

***

"서나혜!"

"예, 예?"

"단정치 못하게 그 꼴이 뭐니? 당장 씻어!"

미인 아주머니는 -나혜의 몸을 한- 나를 보자마자 소리를 질러댔다. 상당히 예민해 보여서 잔말하지 않고 아주머니가 가리키는 문 안으로 들어갔다. 다행히 욕실이 맞았다.

"하하하, 이게 다 무슨 일이야. 벅차구나!"

머릿속을 맴도는 잡념을 쫓아내려고 차가운 물에 푸푸 대며 세수를 했다. 거울을 보니 차가운 물 때문에 새하얀 피부가 불긋불긋 짙게 홍조를 띠고 있다.

"와, 예쁘다."

그토록 열심히 훔쳐보곤 했던 짝사랑하는 여자애의 얼굴이 바로 앞에 있다. 실컷 구경이나 할까.

"헐, 그렇게 안 봤는데…… 얼굴에 점이 6개나 있네?"

점 세는 일을 끝내고 이번에는 두 눈을 물끄러미 보았다. 이렇게 예쁜 눈을 가졌으면서 왜 항상 고개를 숙이고 다닐까?

"난 봐도 봐도 네 얼굴이 그리워."

그래서 이렇게 몸이 바뀐 걸까? 내가 너무 나혜를 그리워해서 벌을 받은 걸까?

나는 거울을 보며 머리를 한번 쓸어보았다. 머리를 푼 모습뿐만 아니라 다른 모습도 보고 싶어서 단정하게 묶어보았다. 잔머리가 자꾸 튀어나왔다. 다시 머리를 푼 후 자세히 거울을 보던 내 등 뒤로 아주머니의 목소리가 들렸다.

"빨리 씻고 나와!"

"예! 어? 으악!"

다 보인다. 티셔츠를 머리 위로 올리다가 하얀 브래지어를 설핏 보았다. 후딱 다시 셔츠를 내리고 욕실 밖으로 나갔다. 오늘은 샤워 패스!

"으악, 이건 또 뭐야?"

밝은 곳에서 보니 온몸이 온통 흙투성이였다. 상황이 이러하니 피할 길이 없음을 받아들이자, 알 수 없는 전율이 전신을 스쳐 갔다.

다시 욕실로 들어가 성미 급하게 타이트한 셔츠를 목 부위까지 끌어 올렸다. 그러자 하얀 레이스 브래지어가 다시 모습을 드러냈다. 매혹되어 바라보다가 순식간에 청바지 지퍼를 내렸다. 끌어내려지는 청바지를 보고 있노라니 하얀 팬티가 모습을 드러냈다. 그 순간의 긴장감은 무어라 하기 힘들 만큼 찌릿했다.

"여기까지다."

두 눈을 감자 눈앞이 깜깜해졌다. 한 치 앞이 보이지 않다.

조심하는데도 가끔 손끝에 매끈거리는 살갗이 닿곤 했다.

"으악!"

그때마다 소리를 지르며 나혜에게 사과를 했다. 드디어 욕조에 물이 가득 찼다. 욕조에 들어가 눈을 감았다. 그러자 왠지 안도감이 퍼졌다.

***

 샤워 가운을 걸치고 욕실 밖으로 나갔다. 나혜의 어머니를 보자 나쁜 짓을 하다가 들키기라도 한 듯 죄책감에 심장이 쿵쿵 뛰었다.

"죄, 죄송해요."

"뭐가 죄송하니?"

"보긴 약간 봤지만 결단코 안 만졌어요!"

"누가 뭐래? 새로 산 바디 로션 안 썼지? 비싼 거야."

"아, 예에."

문이 닫혔다. 긴 한숨을 쉬다가 불현듯, 내 두 뺨과 귀가 새빨개졌다. 무심결에 거실 거울 쪽으로 시선을 던진 순간, 갑자기 눈앞이 확 밝아지는 것이었다.

"구경 다 했니?"

"아직 덜했어요. 으악!"

나혜의 언니라는 하린과 눈이 마주친 그 순간 엎어지고 말았다. 입에서 거친 숨이 나올 뿐 나는 넘어진 채 꼼짝하지 못했다. 온몸이 욱신욱신했다. 뭐 이 정도로 이렇게 힘들어? 여자의 몸은 걱정될 만큼 약했다.

딩동, 딩동, 딩동!

늦은 밤, 아주 다급하게 벨을 누르는 소리가 울렸다.

"어머, 넌 누구니?"

"나혜예요."

"나혜라니, 친구니?"

"예."

"무슨 일이니?"

"할 말이 있어요!"

"일단 열어줄게."

나의 몸을 한 나혜가 다급하게 뛰어왔다.

"혹시…… 샤워……"

"……했지."

"……알몸으로?"

팡! 내 두 뺨과 귀가 폭발한 거 아닐까 걱정될 정

도로 뜨겁게 화끈댔다.

"어머, 이상한 남자애구나. 야밤에 남의 집에 쳐들어와 여자애에게 알몸이라니?"

"오, 오해예요."

"대체 샤워를 알몸으로 안 하면 어떻게 한다는 거지? 아무리 나혜가 내숭쟁이여도 설마 목욕을 옷 입고 하겠어?"

"잠시 둘이서 이야기해도 될까요?"

"그러렴."

나의 몸을 한 나혜가 내 – 아니, 나혜의 모습을 한– 나의 손목을 잡아끌고 어딘가로 갔다.

방을 둘러봤다. 핑크빛과 달콤한 향기로 가득한 천상 소녀의 방이었다. 한편 책장에는 고전음악 cd가 빼곡하고 옆에는 고전문학책이 쌓여있었다. 그리고 책상에는 국·영·수 책이 펼쳐져 있고 공부한 흔적이 역력했다.

"…… 봤어?"

"…… 응."

나의 모습을 한 나혜는 뺨을 붉히며 말끄러미 나를 쳐다보았다.

"방도가 없었어."

남자의 모습을 한 주제에 – 원래는 나의 얼굴인– 나혜의 발그레한 뺨이 새침한 빛으로 바뀌었다.

"난 목욕탕도, 수영장도 안 가."

"어머, 남자애가? 하긴 그러니 나혜의 친구겠지. 나혜 애는 부끄럽다고 이 엄마한테도 알몸을 보이지 않아. 그런데 오늘은 별일로 샤워 후에 잠옷으로 완벽하게 싹 갈아입고 나오던 나혜가 샤워 가운만 달랑 걸치고 나오질 않나."

"…… 복수할 거야."

처음 이 말소리를 들었을 때, 내 귀를 의심했다. 정말 그 얌전한 나혜의 입에서 나온 말이라고?

"뽑기라도 할까, 네 눈?"

"……그래."

몰랐는데 생각보다 무서운 애 같다.

"…… 좀 봐."

– 나의 모습을 한– 나혜가 흥분해선 – 나혜의 몸을 – 목욕가운으로 꽁꽁 여미려 했다. 낯익은 향기가 코끝을 간질였다. 우리 집 샴푸와 샤워젤

향기였다.
 쿵쿵.
 참 이상한 일이다. 고작 이런 향기로 집이 그리워지다니!
 흐읍!
 집에 돌아가고 싶은 간절한 마음에 숨을 크게 마셨다.
 "어디서 머리에 피도 안 마른 애들이 뽀뽀를!"
 "아, 아니에요! 오해예요!"
 "어디서 거짓말이니?"
 "거짓말 아니에요!"
 "잘못했습니다."
 나의 모습을 한 나혜가 고개를 숙였다.
 "옛말에 남녀칠세부동석이랬어!"
 "가보겠습니다."
 "아냐, 신사 같으니 잘해 보란 뜻이야."
 "나혜가 이렇게 잘생긴 남자애와 사귄다고?"
 언니 하린의 말이었다.
 "아냐!"
 "사귀는 게 아니면 여기 왜 와 있겠어?"

"제발……그만."

"어머, 남자애가 부끄러워하는 거야? 살다 보니 우리 나혜보다 부끄부끄하는 남자애를 다 보는구나."

"부끄부끄?"

"나혜는 어릴 적에 말끝마다 부끄부끄라고 했지."

"부끄부끄하다고 산타 선물도 안 받고 내팽개치고 내 치마 속으로 도망친 애잖아."

"진짜 희한해. 앤 좋아할수록, 좋은 걸수록 내팽개치더라. 왜 그래?"

나혜의 엄마와 언니가 동시에 –나혜의 모습을 한– 나를 쏘아보았다. 그 답을 내가 알 리가 있나? 나도 궁금했다.

"그래놓고는 몇 날 며칠을 울지."

"쟨 정말 4차원 같아."

나혜의 영혼이 들어가 있는 나의 얼굴이 새빨개졌다.

"나혜 남자친구 합격! 너도 부끄부끄니? 하린아, 우리가 자리 비켜주자."

나혜의 어머니와 언니 하린이 자리를 비우자, 나혜가 체념한 듯한 목소리로 말했다.

"엄마가 어떻게 자기 자식도 못 알아보지? 하긴 단 한 번도 나를 제대로 본 적이 없으시니……"

"우리 부모님은 알아보셨어?"

내가 물어보았다.

"아니."

그때 나는 처음으로 우리 부모님에게 실망했다.

"기뻐하셨어."

안 봐도 훤했다.

"근데 이렇게 보니 나, 되게 잘생겼네."

"그래?"

"넌, 이렇게 보니 네 얼굴 어때?"

"좋아."

"좋아?"

"좋아."

짝짝짝, 갑작스레 울린 박수 소리에 놀라서 뒤돌아보았다.

"우리 나혜가 지금 고백한 거야?"

나혜의 어머니와 언니가 몰래 지켜보고 있었다.

"아니에요."

"다 들었어. 사귀는 건 좋으나 건전할 것!"

이렇게 나는 그토록 짝사랑하던 나혜와 사귀게 되었다. 그것도 남녀칠세부동석을 강조(?)하는 가족들의 인정 하에.

"하아."

잘된 일 맞지?

***

"넌 누구?

어둠이 걷히고 밝은 아침이 되자, 어젯밤에는 보지 못한 많은 상황들이 보이기 시작했다. 이해할 수 없는 그 황당함에 자꾸만 버럭버럭하곤 했다.

"상품권 생겼는데 할 사람?"

"나!"

"나도, 나도!"

내가 손을 내밀자 나혜의 언니 하린이 새침한 표

정을 지었다.

"어머, 남자친구 생기더니 다른 애가 되었네. 감히 내 걸 탐내?"

저 서하린, 주의할 인물이다. 자매를 경쟁자로 여기고 자기에게 유리한 쪽으로 승부를 봐야 직성이 풀릴 인물 같았다.

"어머 애, 그건 잘된 일이지. 젊은 애가 야망이 있어야지!"

보통 야망이란 말을 아이들에게 주입시키나? 우리 부모님은 자신을, 가족을, 친구를, 이웃을 사랑하라고 하셨는데……

"나혜는 너무 욕망과 질투가 없어서 걱정이었거든."

서나혜 어머니의 한숨 섞인 말을 듣고 나는 깊은 생각에 잠겼다. 고등학생에게 욕망과 질투가 없다니! 그게 가능한 일인가?

"대체 어떻게 키웠기에 그렇게 되었어요?"
"내 탓이니?"
"그렇지 않을까요?"

말 못 하는 갓난아이도 울음으로 자신이 필요한

욕망을 표출하고 서너 살만 되어도 형제자매들을 견제하고 시기하는 게 인간 아니었나? 화목한 가정에서 자란 나만 해도……

"엄마, 국어 학원도 끊어줘."

"이미 다니잖아?"

"다른 선생님께도 배우고 싶어."

"안 돼. 돈이 모자라."

"나혜가 수학 학원 관두면 되잖아?"

콩!

"아야! 너 감히 언니에게 꿀밤을 먹여?"

"어림없는 소리 하니까!"

내 고함에 어지간히 놀랐는지 하린은 더는 국어 학원은 입에 올리지 않았다.

"말 나온 김에 용돈 줘요."

나혜의 어머니과 하린의 눈이 동시에 커졌다.

"데이트해야 해요."

"헉, 대박!"

"아아, 옛말 중에 틀린 말 없더라. 이래서 조상님들이 근묵자흑이라 했나 봐."

그제야 보였다. 나혜는 변변히 자기 권리를 주장

하지 못했고 대신 저 욕심 많고 질투 많은 언니가 이득을 취했겠지.

"용돈은 못 줘."

"그럼 저거 줘요."

내가 상품권을 가리키자 하린이 청양고추보다 더 매운 표정으로 쏘아보았다.

"한 번만 더 내 것 빼앗으려 하면 가만 안 둬!"

"그래서 지금까지 뭘 빼앗겼지?"

"……"

"없지?"

"아냐. 그, 그거! 초록 원피스!"

"앤, 언제적 원피스야?"

"나혜가 자기 거라고 우겨서 결국 아빠가 버렸잖아!"

"백화점에서 큰마음 먹고 산 걸 쓰레기통에 처박아서 내 속이 얼마나 탔는지 말도 못 해! 처음으로 나혜가 갖고 싶다길래 처음으로 나혜에게 사준 옷을 ……"

"잠깐, 나혜가 갖고 싶다고 말해서 나혜에게 새 옷을 사줬다고 했죠? 근데 왜 그걸 쟨 자기 거였다고 우기죠?"
"쟤라니!"
"그게 중요한 게 아니잖아! 대답해!"
"그야, 나혜 건 다 내거니까!"
"그게 무슨 개똥 논리야?"
"원래 그래."
나혜의 어머니가 그렇게 말한 순간, 하린이 피식 웃었다. 아주 못돼 보였다. 그다지 형편이 어려워 보이지도 않는 집 아이인 나혜가 어째서 매번 낡은 옷을 입고 다녔는지 어렴풋이 이해되기 시작했다.

***

침대에 누워서 창밖을 보았다. 달이 아름다운 밤이었다. 둥근 달이 내리비추던 그 선명한 달빛은 내가 현실을 보는 데 도움을 주었다.
"예전의 은한은 없어."

나혜의 몸을 한 여자로 사는 게 진짜 은한일까, 남자의 몸에 사는 나혜가 진짜 은한일까. 아무튼 여름방학 전의 '은한'은 없어졌다. 아무도 모른 채.

"아니지. 한 명은 알지!"

 남의 집에서의 밤은 숨 막히도록 시간이 더디게 흘러갔다. 할 수만 있다면 시간이 빨리 흐르게 하고 싶었다. 시간이 약이니 시간이 지나면 나를 혼란스럽게 하는 이 모든 상황이 바로잡힐 테니까.

"자고 있겠지?"

 나는 새벽이 되도록 잠을 못 이루었고 마당 밖으로 나와 밤하늘을 올려다보았다.

 무수한 별들이 펼쳐져 있다. 그런데 왠지 나의 별은 없을 것만 같던 그 밤. 나는 힘없이 고개를 떨구었다. 그때 휴대폰이 눈에 들어왔다. 불현듯, 전화를 걸고 싶었다.

 1번을 꾹 눌렀다.

엄마

2번도 꾹 눌러보았다.

```
┌─────────────────┐
│      아빠       │
└─────────────────┘
```

3번도 눌러는 보았다.

```
┌─────────────────┐
│      동생       │
└─────────────────┘
```

한숨을 내쉬며 폰을 닫았다.
"맞다."
그런데도 자꾸만 전화를 걸고 싶었다.
뚜르르, 뚜르르
이미 잘 테니 받지 않을 것이다. 그래도 어디든 전화를 걸어야 해서…… 이번만이다. 이번만…….
뚜르르, 뚜르르
긴장해서인지 신호음이 크고 느리게 느껴졌다. 왠지 자꾸 입술에서 작은 한숨이 새어 나왔고 폰을 들고 있던 손에는 땀이 배었다. 받으면 무슨 말을 할까?

- 여보세요.

자다가 받았는지 낮게 가라앉은, 원래는 나의, 목소리가 전화기 너머로 들렸다.

- 누구세요.

조금 귀찮은 듯한 그 목소리에 나는 작게 심호흡을 했다.

-말이 없으면 끊겠……

"나야. 은한이."
전화기 너머로 길게 숨 들이켜는 소리가 들렸다.
"잠이 안 와,"

- 왜?
"별이 너무 많아서."

이번엔 전화기 너머로 창문을 여는 소리가 들렸다.

- 진짜네.

"그렇지?"

- 그만 끊을게.

"벌써?"

- 잠 와.

"잘자."
그 짧은 한마디 말에도 내 가슴에는 온통 따스함이 퍼져갔다. 나는 한 손을 가만히 뺨에 가져다 놓았다. 달아올라 있었다.
"좋아해."
나도 모르게 고백하였다.
- 장난치지 마.

"장난 아냐. 나는 마음을 다해 너를 기다리고, 진심으로 고백하는 거야."

뚜뚜뚜.

후우, 나혜의 이런 이해하기 힘든 행동에는 한숨이 절로 나왔다. 열기를 내리려고 불 안 켠 채 샤워를 마치고 욕실에서 나온 나는 그대로 잠을 청하려고 했다. 그때 딩동, 휴대폰 알림음이 울렸다. 나는 마치 기다린 듯 휴대폰을 켰다.

> 자장가야

음악을 틀었다. 쇼팽 D플랫 자장가가 잔잔히 울려 퍼졌다. 이런 쓸쓸한 밤에는 백 마디 말보다 이 곡이 더 위로될 것이다.

3. 신데렐라 캔디

***

 나혜……
 거울 속에서도 평소와 별반 다르지 않은 흰 셔츠에 청바지, 그리고 긴 생머리였다. 분명 평소와 같은 모습인데 평소와 전혀 다른 사람 같았다.
 "나혜야?"
 거울 속 나혜는 대답하지 않았다. 그 점도 평소 나혜와 같다. 그런데 달랐다. 무엇이 달라진 걸까?
 쪽.
 사실 나는 나혜의 반듯하면서도 동그스름한 이마를 특히 좋아했다. 흉터에 쪽하고 거울에 입술을 맞추어보았다.
 "풋."
 갑작스레 들린 소리에 화들짝 놀라서 돌아보았

다. 하린이 비웃는 표정으로 고개를 젓고 있었다. 벼, 변태로 보였을까?

"공주병까지 생겼어?"

"어!"

"왜 갑자기 달라졌어? 완전히 다른 사람 같잖아."

역시 가족은 누구보다 서로 잘 안다.

" '동일한 한 작가가 희극도 지을 수 있고 비극도 지을 수 있으며 희극 시인의 재주를 가진 사람은 또한 비극 시인의 재주도 가지고 있다는 소크라테스의 말씀'을 못 들어봤냐?"

"재수 없어. 역시 서나혜 맞네. 휴대폰 충전 좀 하자."

하린이 레이스로 된 침대 시트를 젖히자 이상한 물건이 나타났다.

"이건 뭐야?"

"금고잖아?"

"비번은?"

"네가 알지 내가 어떻게 알아?"

"아차차, 까먹었어."

"그럼, 다시 기억하면 되겠네."

하린은 속 편한 소리를 하며 전기 코드을 쭉 당겼다. 옆에서 내가 번호를 제대로 맞추지 못하고 자꾸 헛손질만 해대자 답답했던지 하린이 번호를 눌러댔다. 삐, 삐, 삐 소리만 날 뿐 금고는 움직이지 않았다.

"내 생일은?"

"7월 20일이잖아!"

0720

x

7020

x

"열려라, 참깨! Open Sesame!"

주문을 외치며 거짓말처럼 달카닥 열리는 소리를 기대하며 번호를 꾹꾹꾹 눌렀다.

"40인의 도둑들은 왜 하필 '참깨'라고 외칠

까?"
 "문이 열리면 고소한 선물이 기다려서겠지."
 "보물 같은? 빨리 열어서 선물 줘."
 "가라."
혼자가 되어서도 계속 번호를 눌렀다. 아아, 알고 싶다. 여기에 무얼 숨겨둔 거니, 서나혜?

 1234

 x

 4567

 x

 8901

 x

 "꽝!"

이 금고를 열면 그렇게 알고 싶은 나혜의 마음을 알게 된다고 강하게 촉이 온 순간이었다.

"서나혜, 십만 원 갚아."

또 하린이 나타났다.

"언제, 어디서, 얼마를 빌려줬는데?"

"재작년, 집에서, 십만 원 빌려 갔잖아."

"대체 돈을 빌린 이유가 뭔데?"

"친구 생일선물 사야 한댔지."

"친구라니? 나는 친구 따위 안 키워! 어디서 뻥을 쳐?"

"아니었네. 난 또 기억상실증이라도 걸렸나 했더니."

"드라마를 너무 봤군."

"안 봐."

드라마가 꼭 허황한 것만은 아니다. 겉으론 여자로 보이는 나는 사실 남자이고, 남자로 보이는 서나혜가 사실 여자이고…….

"네 얼굴이 흰 건 기억상실증의 복선이야."

"내 얼굴이 흰 건 타고난 덕분이지. 가."

나는 더 들을 것도 없다는 듯이 하린을 밖으로

등 떠밀었다. 그러다 갑자기 문득 든 생각,

"어, 어, 언, 니!"

"갑자기 왜 그래?"

"사진첩 같은 건 어디에 있었더라?"

"거실 책장에 있잖아? 그건 갑자기 왜?"

"그때 왜 중학교 졸업식 때……"

"무슨 일?"

"몰라. 한 번 확인해두려고."

호기심에 하린이 직접 사진첩을 꺼내 들고 와서 중학교 졸업식에서 찍은 사진을 보여주었다.

"으음."

지금과 똑같았다. 나는 사진첩을 앞으로 넘겨보았다.

밝고 환한 색감의 요즘 사진에서 점차 빛바랜 앞장으로 넘어간다. 고등학생 때 나혜, 중학생 때 나혜, 초등학생 때의 나혜가 차례차례 등장했다.

신기했다. 한 여자애를 이렇게 사진으로 보는 것만으로도 이토록 기분이 좋아질 수 있다니! 사랑은 정말이지 신비하다. 아, 미칠 듯이 두근대는 이 괴로운 심장이여!

"진짜 이상한 애야."

가슴이 철렁해서 보니 하린은 한숨을 푹 쉬었다.

"이것 봐. 언제부턴가 표정이 하나잖아. 아주 어릴 땐 이렇게 활짝 웃기도 했는데. 네 남친도 있네."

사진 중에는 나, 은한도 보였다. 기억은 안 나지만 초등학교 5학년 때 같은 반이었나 보다.

"얘, 초딩 때부터 유명했잖아? 내 친구들이 좋다고 선물도 갖다주고…… 내 보기엔 영 밋밋하더니만."

"오호, 눈이 높나 봐? 그런 넌 어떤 애가 잘생겼던데?"

"장기열?"

"풉!"

"예전엔 귀여웠는데 지금은 되게 곰처럼 컸어."

"걘 됐고…… 아빠 사진은 없어?"

"여기 많잖아?"

독사진, 아주머니와 찍은 사진, 하린과 찍은 사진은 많았다.

"너 말고 나혜하고 같이 찍은 사진은 없어?"

"재수 없어. 애도 아니면서 왜 자길 이름으로 불러?"

"그야, 어릴 적 사진 보니까 왠지 애가 된 거처럼…… 아무튼 없어?"

"없어."

"한 장도?"

"왜 나한테 따져? 내가 숨기기라도 했을까 봐?"

"누가 그렇대?"

"찾아보던지."

아무리 뒤져 봐도 보이지 않았다. 단 한 장도.

나혜의 방으로 가서 침대에 누웠다. 얼마 되지 않아 곧 낮잠에 빠져들었다.

잠들기 직전까지 떠오른 생각은 '서나혜와 아빠의 사진은 어디로 갔을까?' 이다. 분명 중화요리점에서 주인아저씨가 찍었다고 했는데……

***

"여기는 어디, 나는 누구?"

어제도 낯설었다. 아마도 내일도 생소할 것이다. 근데 가만 생각해보면 계속 낯선 게 다행이다. 열여덟 살 여자애의 모습에 남자애가 익숙해지는 건 더 문제이지 않겠는가.

아무튼 나는 지금 욕실에 있다. 엉큼하게 나혜의 알몸을 보려는 게 아니다.

"속옷은 손으로 조물조물 빨아야 하는 거 알지?"

몰랐다.

"아까부터 왜 가만히 있니?"

부끄부끄했다.

"조물조물! 내 말 듣고는 있니? 엄마 약속 있으니까 나혜가 설거지하고 세탁기 돌려."

"왜 나만 시켜요?"

"나혜야, 이 언닌 고3이잖니? 그 정도 배려도 못할 애였니? 다 해 놔!"

완전 콩쥐팥쥐, 신데렐라 느낌이 물씬 풍겼다.

설거지는 어떻게 하는 건지 잘 안다. 그런데 세탁기는? 자, 보자. 세탁 뚜껑을 열고 옷을 넣고 전원을 누르고 동작! 아 참, 세제! 섬유유연제까지 야무지게 넣었다.

"빨래 네가 했니?"

이번에는 하린이 도끼눈을 뜨고 왔다.

"어린 나이에 벌써 건망증이 있어? 세탁기를 돌렸으면 널어야지!"

"아하."

나는 빨래를 널러 부리나케 옥상으로 올라갔다.

"서나혜는 어려서 아버지를 잃고요. ♪ 계모와 언니들에게 놀림을 받았더래요♪ 샤바샤바 아이샤바 얼마나 울었을까.♪"

왠지 이런 노래가 생각난다.

"외로워도 슬퍼도 나는 안 울어. 참고 참지 울긴 왜 울어? 이 노래야말로 네 노래 아냐?"

"그래?"

"근데 왜 참아야 해? 캔디는 착한 여자 콤플렉스가 분명해. 그러면서 남자란 남잔 다 개 좋아하고 아주 밉상이야."

진짜 밉상인 하린이 말했다.

"꼭 나혜 너 같아."

하린이 한 마디 툭 던졌다. 내가 화가 나서 쳐다보자 하린은 다시 핸드폰을 만지작거리며 말했다.

"밥 차려. 점심 먹어야지."

아무것도 들리지 않았다. 보이지도 않았다. 그 무엇도 하고 싶지도 않았다. 하린을 밀치다시피 하고선 빠른 걸음으로 대문으로 가며 나는 다짐했다.

"내가 지켜줄게."

놀림 받거나 외롭고 슬프지 않도록.

4. 타인의 눈

***

 그 자리에서 대문을 박차고 나혜를 보러 달려갔다. 나혜가 있을 -원래 나의- 집에 당도할 무렵,
 "애야, 보여주지 않으련?"
 불쑥 나무 뒤에서 웬 시커먼 아저씨가 나타나 나를 지켜보았다.
 "나도 보여주마. 너도 보여다오."
 자신의 허리춤에 손을 쑥 집어넣더니 바지를 쑥 잡아 내리려 하였다. 여자애들 앞에서 옷을 벗는다는 정신이 온전치 못한 변태에 관한 소문을 들은 적 있다.
 "꺼져요."
 변태가 -나혜의 모습을 하고 있는- 나의 머리에서 발끝까지 훑어가는 그 모습이 그리도 음흉해

보일 수가 없었다.

"감히 누구에게!"

"호호호."

"기어코 뒈져야겠죠?"

변태의 정강이를 발로 차서 꿇어 앉혔다. 이제 강인한 주먹을 호되게 내지른 후, 멱살을 쥐고 내팽겨 준 후 경찰에 신고를……

"호호호."

아아, 비극의 순간은 언제나 방심했을 때 다가온다. 이 몸은 왜 이리 힘이 없을까?

"여기에 신고하는 거 맞죠? 아침부터 변태가 배회하고 있어요. 여긴 사거리 안 골목 바로 들어오면 보이는 곳이에요."

신고하는 소리를 듣고 변태가 도망쳤다. 따라서 뛰었지만 놓치고 말았다. 화가 풀리지 않아 집에 가며 씩씩 숨을 몰아쉬었다. 그런데 대체 어디서 이렇게 벌레가 날아드는 거지?

주변을 둘러보았다. 온갖 작자들이 눈길을 던지곤 했다. 내 속이 다 메스꺼웠을 지경인데 여자애의 비위는 어떠했겠는가. 아마도 그래서 내성적인 나혜가 땅 밑을 보며 걷는 버릇이 생겼을지도 모른다.
 딩동, 딩동, 딩동!
 "누구세요?"
 이 목소린 동생 동호다.
 "누구긴! 형이지!"
 "예에?"
 아차.
 "형…… 찾아온 서나혜!"
 "서나혜? 그게 누군데요?"
 이 맹랑한 초등 3학년 은동호는 무엇 하나 그냥 넘어가는 법이 없었다.
 "누구긴! 형 여친이지!"
 "예에? 헉! 엄마아빠! 일 났어!"
 거의 비명에 가까운 호들갑스러운 동생의 목소리가 인터폰을 통해 들려왔다. 순식간에 덜컥, 대문이 열렸고 정원으로 뛰쳐나오는 그리운 가족들의 모습이 보였다.
 "안녕하세요."
 "어머, 안녕하세요. 우리 집으로 은한이 여자친

구가 온 건 처음이라 너무 반가워요."

"앞으로 자주 올 거예요."

"예에?"

"아마 매일 올걸요?"

"어머, 왜요?"

"여기가 편할 테니까요."

"여보, 닮았어요. 은한이 말투랑……."

"그러니 사귀겠죠. 바로 2층으로 갈게요."

난 원래 목적 지향적인 인물이었다. 무엇이든 하나에 꽂히면 그것만 파고, 끝을 보았다. 지금 내가 꽂힌 건 금고의 비번!

아무리 나혜가 착한 성품을 갖고 있더라도 고분고분 금고 비밀번호를 알려줄 리는 없다. 어떻게 구슬리지?

"서나혜!"

***

"타인의 눈이 되어서 본 소감은?"
"예뻐."
"그렇지?"
"네가 내 몸속에 있을 때가 더."
"말도 안 돼."
"사랑스러워."
 대체 이게 칭찬인가, 욕인가?
"넌 어때?"
 나혜가 나에게 타인의 눈으로 자신을 본 느낌을 묻고 있었다.
"으음, 별로. 안 들키려면 나혜 너에 대해 몇 가지 알고 있어야겠어. 알다시피 네 엄마, 언니가 보통은 넘어서."
 나혜가 동의하듯 조용히 고개를 끄덕였다.
"생일은?"
"7월 20일."
"가장 행복했던 날은?"
"거기서 처음 자장면 먹은 날."
"누구랑?"
"아빠랑."

"가장 슬펐던 날은?"

"초록 원피스가 버려진 날."

초록 원피스? 그 원피스를 두고 언니 하린이와 싸웠고 화가 난 아버지가 버렸다고 하지 않았나? 가장 행복했던 날에도, 슬펐던 날에도 등장하는 나혜의 아버지에 대해 호기심이 생겼다.

"아버지는 어떤 분이셔?"

"몰라."

"몰라?"

"응. 몰라."

어릴 적에 돌아가셔서 잘 모를 수도 있겠다는 생각이 들었다.

"행복하고 슬펐던 날, 날짜로 말해줘."

"1월 28일 / 4월 6일"

됐다!

"넌?"

"나?"

"언제 가장 행복했어?"

"난 항상 행복해."

서나혜, 이상하다. 어째서 놀라서 쳐다보지? 왜

나는 그런 나혜를 바라보는 게 안쓰럽지?

"가장 슬펐던 때는?"

"네게 외면당할 때."

"고작 그게?"

"고작이라니? 매번 말 씹히고 외면당하는 게 참기 쉬운 줄 알아?"

"……"

"넌 왜 마주칠 때마다 돌아서?"

"……"

"또 그러지?"

"……"

"침묵하지 마!"

"……"

"난 네 침묵을 이해하기 어려워."

"…… 양가감정 때문이야."

"그게 뭔데?"

"망설임 같은 거."

"넌 뭘 망설이는데?"

"너에게."

"나에게?"

"가고 싶은 마음과 도망치고 싶은 상반된 마음 탓에 망설이게 돼."

"그래서 날 똥개 훈련 시키듯이 불러놓고 못 본 척한 거군."

"그래."

"그 망설임은 언제 끝나?"

"몰라. 어쩌면 영원히 이럴 걸?"

"그럼 난 할아버지가 될 때까지 널 기다려야 한단 거야?"

"보통은 그 전에 떠나겠지."

나혜는 붙잡을 새도 없이 방 밖으로 나가버렸다. 그때 문득, 두 가지 일이 떠올랐다. 몸이 바뀌기 전에 나혜가 상태 메시지에 썼던 메모……

뭐였더라.

너는 내가 가장 사랑한 ★과 가장 무서워한 ○를 동시에 닮았어. 그래서 그래

여전히 무슨 뜻인지 감조차 가지 않았지만, 오늘은 얻은 게 많다. 금고 비번 정도로 만족해야 할 것이다. 집으로 돌아가자마자 금고 번호를 맞춰보았다.
 "0128"
 x

 "1028"
 x

 "0406"
 x

 "4006"
 x

 "다 꽝? 아아!"

5. 자유

***

"이런! 한 장이 모자라네."
 여기저기서 울리는 어른들의 탄식에, 나는 서랍을 뒤적거리다가 살그머니 어른들 앞에 꺼내놓았다.
 "오, 고마워. 고!"
 "스톱!"
 패가 돌려지자 어른들이 신이 났다. 나혜의 엄마는 이렇게 떠들썩하게 지내는 걸 좋아하는 것 같았다.
 "선비 노름하는 남편과 단둘이 지낼 땐 얼마나 답답했는지 몰라!"
 대체 나혜의 아빠는 어떤 사람이었을까?
 나혜의 침대에 누워 천장을 응시하는 내 마음이

약간 화가 나 있었다. 자리에서 벌떡 일어나 휴대폰을 들었다.

- 여보세요?

"……"

- 은한?

"……"

뒤늦게 말을 하려니 왠지 모르게 어색하기도 했고 아무런 말도 하기 싫었다. 그저 나혜의 목소리를 가만히 듣고 싶었다.
뚜뚜.
그런 나의 마음도 몰라주고 나혜는 전화를 끊어버렸다. 뚜뚜 기계음에 왠지 모르게 나혜와의 거리감이 느껴졌.
다시 걸었다. 전화를 받았지만, 나혜도 아무 말도 하지 않았다. 나혜가 길게 한숨을 내쉬는 소리가 들리자 가슴이 두근거렸다. 나는 더 숨죽이며 바짝 귀 기울이었다. 어쩐지 장난 전화하는 것처럼 재미있다.

"아파."

"거짓말이지?"

나혜가 웃었다. 수화기 너머로 들리는 나혜의 웃음소리가 새롭게 느껴졌다.

"진짜 아파."

"지금 갈게."

갑자기 전화가 뚝 끊겨버렸다. 황당하다는 듯 어이없게 웃던 나는 거울을 보았다. 예쁘다. 그런데 이 예쁜 몸에 깃든 영혼은 남자인 나이고 나혜는 나의 몸에 들어가 있다. 그래도 여전히 나혜가 좋았다. 그렇다는 건 내가 나혜를 좋아하는 건 외모 때문만은 아니었음을 의미한다.

빨리 보고 싶다. 서나혜!

살며시 집을 나가던 내 등 뒤로 나혜 엄마의 목소리가 들렸다.

"어디에 가?"

"산책하고 올게요."

"빨리 와."

이상하다. 말이 씨가 되었나. 문을 닫고 나올 때 불현듯 복부에 진땀 나는 통증을 느꼈다. 대문에 도착할 즈음엔 언제 그랬느냐는 듯 통증이 가라앉았다. 몇 분 지나지 않아 나혜와 마주쳤다.

"윽! 아파."

"지금 꾀병이지?"

"……으."

"그럼, 됐다."

"되긴 뭐가 돼? 아파 죽겠는데!"

나는 배를 움켜쥐고 거친 숨을 뱉어냈다. 배 안에서 무언가 쥐었다 놓는 듯한 진통이 간헐적으로 반복되어 잔뜩 웅크렸다.

"어디가 아파?"

"배."

"화장실?"

"그게 아냐. 맹장염인 것 같아."

내 숨결은 불덩이처럼 뜨거웠다. 그제야 나혜의 표정이 심각해졌고 지나가던 택시를 잡았다. 차에 타자마자 내 눈이 스르르 감겼고 입술 사이로 새근새근한 숨결이 새어 나왔다. 아프다는 말에 택시 기사님은 번개같이 응급의료센터에 달려가 주었다. 엑스레이를 찍고 두 사람은 초조하게 의사 선생님의 말을 기다렸다.
"이게 다 뭔지 아십니까?"
"뭐, 뭔데요?"
"변비 있으시죠?"
짐짓 심각한 표정을 짓고 있는 의사에게 나혜는 무슨 헛소리를 하냐는 듯 고개를 저었다.
"맞네. 응가."
내 말에 나혜는 얼굴 새빨개져선 노려봤다.
"관장하세요."
"싫어요."
—내 몸을 하고 있는— 나혜가 답했다.
"하세요."
"안 돼요!"
또 나혜가 말했다.
"그러다 친구분 큰일 납니다. 하세요!"
순식간에 간호사가 —내 몸을 한— 나혜를 어딘가로 데려갔다. 침대 커튼 뒤로 —내 몸을 한— 나혜의 실루엣이 어렴풋이 보였다.

"소중한 네 몸이니까! 내가 고쳐줄게."
내가 속삭였다.
"고치다니, 뭘 고쳐? 그만둬! 제발 관둬!"
그러자 나혜가 예민한 목소리로 소리쳤다.
"느, 늦었어."
속이 부글부글 들끓었다. 이건 사람의 의지로 어떻게 해볼 수가 있는 차원이 아니다. 나혜가 잠시 대기실로 가자마자 화장실로 뛰어간 나는 변기 위에서 처절한 자기반성을 했다. 소중한 나혜의 몸을 이 꼴로 만들다니! 미안했다. 1시간을 설사만 하다가 병원을 나왔더니 통 기운이 없다.
"우리 집으로 가자."
"우리 집?"
"은씨 집안!"
그제야 나혜가 알아들었다.

***

방에 널브러져 있는 너저분한 물건들을 둘러보니 한숨이 저절로 나왔다. 원래부터 내 방은 이랬지만, 나혜는 아니었다. 그런데 왜 이럴까?

'은한'이 되고 싶은 걸까? 아무리 봐도 수줍어하던 나혜의 모습은 더는 볼 수 없었다. 우리 가족 사이에서 행복하게 천년만년 살 것만 같았다.

"너도 빨리 돌아가고 싶지?"

"…… 별로."

"그게 무슨 뜻이야?"

"이대로도 좋단 뜻이야."

나혜의 말은 내겐 너무 큰 충격을 주었다. 이게 남자와 여자의 사고에 균열이 일어나는 순간인가?

"어째서?"

"남자는 힘도 세고, 집안일도 안 하고……"

"그건 여자도 운동하면 되고, 집안일은 안 하면 되지."

"넌 키도 크고 잘생겼고 멋지고……."

이상하게도 좋아하는 여자애의 칭찬에도 조금도 기쁘지 않았다. 그 순간 나는 확실히 깨달았다. 나는 한 남자로서 저 서나혜를 사랑하고 싶었다.

"하아."

긴 한숨이 입에서 새어 나왔다.

이렇게 우리 두 사람의 삶에 '신비'로운 작용이 일어났다. 그것은 누구도 믿지 않을 이야기지만, 우리 두 사람에게는 현실이 되었다. 나, 은한은 나혜이기도 했고, 나혜는 은한이기도 했다. 그래서 나의 사랑은 보이지도, 들리지도, 만져지지도 않는 안개와도 같다.

"넌 진짜 브래드 피트 리즈 때 닮았어."

"아무리 나라도 너무 과분한데……."

"그런데 이제 내 몸과 얼굴이야."

또 저런다. 이제 슬슬 두려워질 정도였다. 답답하여 창문을 열다가 문뜩, 여름을 느꼈다. 왠지 그 순간이 낭만적인 빛으로 에워싸여 있는 것 같았다.

"잠깐, 그거 피지?"

나혜가 입고 있던 흰 셔츠에 붉은 자국이 물들어 있었다. 옷을 젖혀보니 −나혜의 영혼이 깃든 나의− 몸에는 온통 상처투성이였다. 그중에도 유난히 등에 난 상처가 도드라져 보였다.

"또 싸웠지? 조심해. 내 몸이야!"

"은한아. 인정해야 해. 이젠 내가 사용하는 몸이야."

"돌아가면 다시 돌려줘야 하는 몸이기도 하지."

"못 돌아갈까 봐 무서워?"

"무섭지. 지금껏 나를 보호해주던 모든 게 사라지고 쌀쌀한 현실 앞에 선 거 같아. 나로 돌아가서 나로 살고 싶어. 너도 그렇지?"

"난 누구든 상관없어. 그냥 자유롭게 다니고 싶어."

"어딜 가고 싶은데?"

"영화관."

"고작?"

"몇 번 못 가봤어."

"그럼, 가자."

"정말?"

"가고 싶은 곳 다 가. 대신 나와 함께 가야 해."

"…… 그럴게."

지금 나혜에게 필요한 자유는 어떤 자유일까? 우리가 서로 멀어질 자유인지, 우리가 서로에게 다가

갈 자유인지 각자의 마음만 알 것이다.

***

"난 메로나. 넌?"
"보석바."
 나혜와 영화를 보러 가던 길, 아이스크림처럼 달콤한 무언가가 내 가슴속에서 살살 녹고 있었다.
 우리는 액션 영화를 보기로 했다. 나는 좌석에 앉자마자 나혜에게 확인하였다.
 "중화요리점에서 아빠와 찍은 사진, 어디에 있어? 앨범에는 없던데."
 "어디에 있는지 몰라."
 나혜의 말투가 점차 느려진다 싶더니 금세 꾸벅꾸벅 졸기 시작했다.
 나는 잠든 그 얼굴을 갸웃 들여다보았다. 어둠 속에서 모든 보호색과 긴장감을 해제한 얼굴은 더없이 온순하게 보였다. 원래 내 얼굴이 이랬던가?

그나저나 벌써 1시간째 자고 있다. 나 또한 나혜와 함께 보는 이 영화가 통 재미가 없었다. 곤히 잠든 나혜의 볼을 손가락으로 꾹 눌러보았고 장난치듯 짧은 머리카락을 만져 보았지만, 나혜는 기절이라도 한 것처럼 깨어나지 않았다.

나혜가 고개를 내 어깨에 기대 왔을 때 와 닿은 단단한 감촉이 왠지 낯설었다. 내 몸이 이렇게 듬직한 느낌일지 몰랐다.

나혜가 옆 좌석으로 고개를 기울이자 나는 나혜의 머리를 살짝 당겨 다시 내 어깨에 기대게 했다. 그래도 나혜는 깨지 않았다. 이거 좀 문제 있지 않나? 나는 나혜의 귓가에 속삭여보았다.

"우와, 야한 장면이다?"

우연인지 때마침 나혜의 눈이 부스스 떠졌다. 그 순간, 눈앞 화면 가득 피비린내 나는 살인 현장이 펼쳐지고 있었다.

"모범생도 별수 없네."

"내가 진짜로 남자애가 된 거 같지 않아?"

나혜의 말은 또다시 나를 불안하게 만들었다. 그

런 나와 달리 나혜는 또다시 잠에 빠져들었다. 한숨을 쉬며 그런 나혜를 보았다. 내 얼굴인데도 낯설었다.

나의 시선은 나의 반듯한 이마에서부터 짙고 가지런한 눈썹, 다부진 입술, 단단한 턱까지 차례차례 훑어갔다. 이상야릇이도 내 얼굴인데도 조심스러웠다.

"모르겠다."

하아, 긴 한숨과 함께 나도 두 눈을 감아버렸다. 영화 소리가 쟁쟁하게 들려왔다. 그리고 낯선 숨결이 내 오른쪽 뺨에 스쳐왔다. 다시 눈을 뜨고 싶다는 충동이 일었지만 관두었다. 그러자 그 숨결이 더 바짝 다가왔고 그 손은 진득하게 무릎에 닿았다.

"윽, 그만!"

놀라서 눈을 번쩍 떴다. 이상한 느낌에 시선을 아래로 내려보니 웬 손이 무릎 위에 있었다. 마흔은 넘어 보이는 안경 낀 남자의 손이었음을 깨닫고 여자로 살기 녹록지 않음을 새삼 느꼈다.

"무슨 짓이야! 감히 소중한 나혜 몸에!"

멱살을 거머쥐자 남자가 당황해서 고개와 손을 휘저었다.
"놔! 어디서 뒤집어씌워?"
"당장 경찰 불러! 사진도 찍은 거 아냐? 휴대폰 내놔!"
남자가 나를 밀치고 도망쳤다. 아아, 정말이지 원통했다. 고작 저런 비실거린 남자가 한 번 밀친 걸로 바닥에 나가떨어지다니! 또다시 여자의 힘이 생각보다 약함을 실감했다.
"서나혜, 달려! 잡아!"
나의 몸을 한 나혜가 달리기 시작했다. 빠르다. 역시 내 몸답다. …… 부럽다.
"잡았다!"
"잘했어!"
변태를 따라잡은 나혜는 그 남자의 손에서 쏜살같이 휴대폰을 빼앗았다.
"갤러리 봐!"
나혜가 남자 폰의 갤러리를 누른 순간, 머리가 어질어질했다.
"나쁜 놈이네!"

경찰이 와서 잡아갔다. 우리 두 사람은 누가 먼저랄 것도 없이 웃음을 터트렸다.
"'자유'가 이런 느낌일까?"
"어떤 느낌인데?"
"시원하게 달린 느낌!"
반짝반짝 빛나는 나혜의 눈빛에 왠지 내 마음이 복잡해졌다. 무엇이 나혜를 자유롭지 못하게 만들었는지 모르겠지만 하고 싶어 하는 대로 내버려 둘 수는 없었다. 그렇다면 나도 나혜의 자유를 제약하는 존재가 되는 걸까?
그건 싫다.
"내일은 세상에서 제일 시원한 곳에서 달리자."
"거기가 어딘데?"
"어디긴 바다지! 바다 좋아해?"
"난 한 번도 못 가봤어. 우리 집은 여행 갈 때마다 나는 빼놓고 가서……"
과거의 나혜를 위로해주고 싶었다.
까치발을 들어 나혜의 얼굴에 바짝 얼굴을 마주한 채 바라본 것도. 그리고 흙 묻은 나혜의 옷을 털어준 후 꼭 껴안고 그 입술에 입을 맞춘 것도.

그 순간 나혜는 놀랄 만치 차분하게 내가 하는 대로 있었다. 뺨을 타고 내려오는 눈물이 내 뺨을 적시던 순간, 나는 나혜가 -내 몸으로- 무엇을 해도 도와주고픈 마음이었다.

***

"잠깐, 저기 은한이 아냐? 여자는 누구지?"
"서나혜?"

말소리를 따라 고개를 돌리던 내 팔을 누군가 잡고서 확 당겼다.

"은한이는 내 거라고! 서나혜, 은한이 근처에 가지 말라고 경고했지?"

역시 내가 원인이었다. 그렇다면 지금까지 나혜는 저 애들에게 이런 일을 혼자 겪어왔을까? 새삼 나혜가 애틋하게 느껴졌다.

"소중한 몸에 손대지 마."

"지금 뭐라고 했어?"

"기억해. 서나혜는 소중하다! 소중한 사람이다!"

예은의 손목을 꽉 쥐었다.

"윽! 아파. 아프다고! 도와줘."

-나의 모습을 한- 나혜가 주먹을 불끈 쥐고 있었다.

"안 돼! 서나혜!"

주먹을 날리려던 나혜를 밀쳤다. 다행히 나혜의 주먹은 김예은을 피했고 내 다리에 매섭게 주먹이 가격 되었다.

"윽!"

"여자를 때리다니, 최악인데?"

"성우야, 마침 잘 왔어. 애들 좀 혼 내줘!"

-내 몸을 한- 나혜의 뺨에 억센 손이 날아와 내리쳤다. 성우라는 껄렁한 양아치가 어찌나 힘껏 후려쳤는지, 가슴이 철렁할 정도였다.

"잘못했지?"

"그걸 왜 내게 묻지?"

나혜가 말을 끝내기도 전에 성우라는 양아치의

묵직한 주먹이 턱으로 날아갔다. 그러자 나혜가 주먹을 들었다.

"윽!"

나혜의 주먹은 말리려는 나마저 밀치며 거부했다. 나는 나혜의 멱살을 움켜잡고 소리쳤다.

"네가 귀한 집 소중한 딸이듯이 나도 귀한 집 소중한 아들이야. 서로서로 지켜줘야 해."

나혜는 갸웃 나를 보다가 내 엄한 눈빛에 결국 고개를 끄덕였다.

"주먹 내려."

나혜가 손을 풀며 작게 한숨 지었다.

"미안. 사과하는 의미로 저녁 살게."

"학교에 여자 때리는 남자로 소문나게 생겼는데 내가 지금 밥이 목에 넘어가겠냐? 어서 집에나 가."

그날 나혜와 헤어지고 집으로 간 나는 무심결에 나혜의 카톡 프로필을 확인하다가 눈이 커다래졌다.

> 사과할게

자꾸만 웃음이 입가에 번졌다. 또 이렇게 쓰여 있었다.

> 내일, 바다. o, x?

나도 상태 메시지를 클릭했다.

> o

***

"자, 그럼 가볼까?"

이른 아침을 먹자마자 집을 나섰다. 이번에는 푸른빛 세상으로 나혜를 데리고 갈 것이다.

"우와!"

눈앞까지 파도가 높아졌다. 울퉁불퉁한 바위 위에 서서 바다를 바라보던 나혜는 속이 울렁거리는지 눈을 꼭 감아버렸다. 파도가 철썩일 때마다 나혜는 가방을 꼭 쥐곤 했다. 손이 떨리고 있었다.

그런 나혜가 안쓰러워 입고 있던 재킷을 벌려서 안으로 들어오란 시늉을 했다. 나, 은한은 180㎝가 넘고, 나혜는 165㎝ 정도였다. 이런 키 차이를 의식한 듯 나혜가 고개를 저었다.

나는 바닷바람에 휘날리는 머리카락을 어루만졌다. 여전히 나혜는 눈을 감은 채이다. 그런 나혜의 모습이 조금 귀엽게 보였다.

"바다에 오니까 어때?"

"인어공주가 되고 싶어. 자유롭게 바다를 헤엄

치고 싶어."

"인어공주는 혀가 없대."

"말을 못 하겠네. 관둬야겠다."

실망한 것 같이 보였다.

"훤한 대낮에 밖에서 저게 대체 뭐 하는 짓이래? 게다가 남녀가 뒤바뀐 거 같군. 쯧쯧, 말세로군."

지나가던 영감님이 쯧쯧 혀를 찼다.

"뭐 이 정도로 말세겠어요. 남녀가 뒤바뀌는 일 정도는 칠십억 인류에 별로 대수롭지 않은 일일 거예요."

"예끼, 어른을 가르치려 들어!"

쯧쯧, 또 다시 혀를 차며 영감님이 지나갔다. 그러자 나혜는 높이 출렁이는 파도를 바라보며 웃음을 머금었다.

"정말 남녀가 바뀐 게 대수롭지 않은 일이야? 여름방학 곧 끝날 텐데 학교에서도 괜찮겠지?"

"나는 조용히 가만히 있으면 되겠지만, 너는 어떻게 할래?"

"네 친구들 무서운데……"

말과 달리 나혜는 전혀 걱정스러운 얼굴이 아니었다.

"모래사장 쪽으로 가볼까."

아무도 없는 모래사장을 거침없이 내달리는 동안에 우리의 심장이 쿵쾅쿵쾅 터질 듯이 뛰었다. 파도 소리에, 내 가슴속이 푸른 빛 물결로 가득 차올랐다. 나혜가 웃을 때마다 가슴속이 출렁였다.

물속으로 뛰어들었다. 우리의 몸을 시원한 물이 감쌌다. 바다 파도는 예측불허. 우리를 어디로 데려갈지 짐작조차 되지 않았다. 끊임없이 크고 작은 파도를 일으키며 어디로 데려가는 걸까. 어디로…….

"내가 생각해 보았는데, 영화 같은 걸 보면 사건이 처음 생겼을 때와 똑같은 상황에 놓이면 마법이 풀리거나 하잖아. 별똥별이 내리는 날 그때처럼 녹색 상자를 열면 다시 본래 모습으로 돌아가지 않을까?"

"돌아갈래. 집에………"

아무래도 서로 동문서답하는 것 같아서 나는 나혜를 일으켜 세웠다. 나혜의 내리깐 눈 밑으로 하염없이 눈물이 흐르고 있었다.

"왜 울어?"

"행복해서."

"왜 행복해?"

"시원해서! 바닷물에 내 가슴속 불순물이 모두 다 씻겨 내려가는 것 같아. 걱정도, 불안도 모두 다······."

나혜가 미소를 지으며 나를 쳐다보았다. 그 미소에 눈앞의 희뿌연 안개가 걷혔고 나도 따라 웃었다.

우리는 집으로 돌아가기 위해 경음악이 잔잔하게 흐르는 고속버스에 탔다.

고속버스는 푸른빛 세상에서 회색빛 세상으로 터덜터덜 진입해갔다. 즉, 우리가 사는 도시와 가까워져 간다는 것이다. 차창 너머로 낯익은 동네가 보이기 시작했다.

"난 우리가 샴쌍둥이 같아."

나혜가 말했다.

"뭐든 함께니까."

그렇다면 우리 둘이 원래의 몸으로 돌아가는 것

은, 샴쌍둥이를 분리하는 수술과 같다는 뜻이 아닐까?

"떨어지면 허전할 거야."

내 말에 나혜가 고개를 끄덕였다.

"그럼 좀 더 같이 있자. 아이스크림 먹으러 갈래?"

"안 돼. 오늘은 일찍 들어가."

"왜? 아직 5시야."

"그래야 해."

나혜는 마트로 들어가더니 박하사탕 한 봉지를 사서 나왔다. 요즘도 저런 사탕을 먹는 사람이 있나 생각하는데, 나혜가 내게 내밀었다. 혹시 고백?

"들고 가."

6. ★과 ○

***

 기름진 음식 냄새가 나혜의 집에 진동하고 있었다.
 "넌 아버지 제삿날도 기억 못 하니?"
 언니 하린이 야단이었다.
 "그게 어디 나혜 탓이겠어. 자식에게 정 없던 너희 아버지 탓이지."
 그렇게 말하는 아주머니치고 제사상은 굉장히 정성껏 차리고 있었다. 대체 전만 해도 몇 종류야?
 "여기……"
 "또 박하사탕?"
 "아빠가 좋아했잖아."
 "아예 자장면을 사 오질 그랬니? 나혜는 지하 창고에 가서 병풍 가져와."

"예, 예."

지하로 갔지만 도통 병풍이 보이지 않았다. 여기저기 둘러보다가 먼지가 쌓인 책장을 보았다. 책은 보이지 않았고 대신 일기 몇 개를 발견했다.

맹세컨대, 초5 때 친구 장기열의 일기를 훔쳐본 이후로 타인의 개인적인 물건을 뒤적거린 적이 단 한 번도 없었다. 온통 형제들에 대한 불평으로 가득했던 장기열의 일기 이후, 최초로 다른 이의 일기를 정독한 그 날, 어른의 일상이 참으로 보잘것없다는 생각이 들었다.

나혜의 아버지는 어지간한 일은 그냥 넘어갔다. 당연히 처자식 또한 특별하지 않은 존재였던 것 같았다.

"왜 나혜는 아예 없어요?"

일기 중 나혜의 이름은 단 한 번도 거론되지 않았다. 하린은 물론이고 하물며 강아지 이름마저도 두 번이나 나왔는데도 말이다.

어느새 일기의 마지막 장에 이르렀다. 일기 끝에 써진 구절은 이러했다.

> 어느 날 잠에서 깨어나니 모든 게 이상하다. 내 삶의 이상마저도 바뀌어버렸다. 꿈을 꾸면 지금까지와는 전혀 다른 꿈을 꾼다. 병에 걸린 후, 모든 것이 달라지고 있다.

그리고 또 한 장을 넘겼다. 일기장 마지막 장에 이렇게 쓰여 있었다.

> 나혜야, 그곳에 묻어두었다

그곳? 무엇을?

아무리 생각해도 짐작되지 않았다. 지하에서 병풍을 들고 올라와 거실에 놓다가 문득, 떠오르는 바가 있었다.

"잠깐! 오늘 며칠이에요?"

"8월 4일이잖니? 옷 준비해 뒀으니 가서 갈아입어."

나혜의 어머니에게 등 떠밀려 방으로 돌아와 금고를 꺼냈다.

"0804"

딩동!

금고 안에는 다이어리 몇 권이 다였다.
아무래도 나혜는 자기 아빠를 닮은 것 같다. 거의 짧은 한 단어 위주로 서 있었다. 무엇보다 불쾌한 건 내 이름은 단 한 줄도 없었다는 사실이다.
"어이가 없다."
혹시나 몰라서 휘리릭 끝까지 넘겨보았다.

> 그 애는 내가 가장 사랑한 ★과 가장 무서워한 ○를 동시에 닮았다

닮았다.
부녀가 똑같았다. 그 덕분에 나혜를 둘러싼 안개

가 점점이 옅어지고 있었다.
 예측되는 것으로 대입하던 순간에는 맑게까지 느껴졌다.

그 애= 은한, ★=아빠, ○=강아지

 정답일까?
 "옷 갈아입었으면 빨리 나와서 일해!"
 하린이 문을 덜컥 열고 들어왔다.
 "나는 개를 무서워했지?"
 "너 자신이 가장 잘 알잖니?"
 "왜 무서워하게 되었어?"
 "국영이가 죽어서 충격받아서겠지."
 "뭐?"
 "아빠 장례식에선 안 울던 애가 국영이가 죽자 3개월을 매일 울었잖니? 정말 신기한 애라니까."
 또다시 오리무중이 되었다.
 "그러면서도 아빠 제삿날에는 그 원피스 꼬박꼬

박 입는 게 신기하다. 빨리 입어."

하린이 가리키는 침대 위에는 초록색의 원피스가 있었다. 하늘하늘한 레이스까지 있었다.

"돌았냐? 이딴 걸 왜 입어? 목에 칼이 들어와도 못 입어."

"이딴 거? 너, 정말 기억상실증이라도 걸렸어? 아빠가 돌아가시기 얼마 전에 사준 거잖아. 아빠 제삿날에는 한 번도 거르지 않고 입더니…… 너, 요즘 수상해."

"…… 지퍼나 올려줘."

"목에 칼이 들어와도 못 입는다며?"

"…… 농담이지."

하늘거리며 몸을 감싸는 이 촉감, 다리를 훤히 드러내는 이 시원함…… 다 소름 끼쳤다. 그런데 거울 속 나혜가 너무 예뻐서 심란했다.

"예뻐."

"어쩌다 공주병까지 걸리셨어?"

"아, 미안. 순간적으로 인칭대명사가 혼란스러워서."

"요즘 난 네가 너 같지 않고 남 같아."

당연히 느낄 것이다. 아무리 내가 나혜고, 나혜가 내가 되었어도 십수 년을 함께 산 가족은 모를 수가 없을 것이다. 그런데 그 당사자인 나조차도 헷갈렸다. 나혜가 누구이고, 누가 나인지…… 아, 우리는 같아져 버렸나. 나혜의 말대로 샴쌍둥이처럼 되어 버렸나.

- 기분 좋은 뉴스 하나 전해 드리겠습니다.

TV에서 아나운서의 목소리가 흘러나오고 있었다.

- 오늘 밤, 유성우가 우리나라 밤하늘을 가를 것이란 예측이 나오고 있습니다.

별똥별이 내린다고?
제사를 지내자마자 나는 부리나케 우리 집으로 달려갔다. 벨을 누르자 동생 동호는 누군지 묻지도 않고 열어주었다. 집안으로 들어서자 나의 어머니는 내 손을 잡고 감격의 말을 던졌다.

"공부해! 우리 은한이가 공부를!"

"그러엄! 내가 그랬지? 안 해서 그렇지 하면 잘할 거라고! 날 닮아서!"

"근데 아빠! 강아지가 도통 형을 안 따라."

"너무 달라져서 나도 낯선데 강아지인들 안 그렇겠니?"

"호호호! 낯선 건 금방 해결돼! 조용, 형 공부하는 데 방해하지 마!"

약간 감정이 상했다.

"저는 신경 쓰지 마세요. 간식 안 챙겨주셔도 돼요."

정말로 나혜는 반듯하게 앉아서 공부하고 있었다. 내가 봐도 신기한 광경이긴 했다.

"개 좋아해?"

"아니."

"너희 집에도 개 있었다며?"

"그래서 싫어."

"사랑했구나?"

나혜가 고개를 끄덕였다. 그렇다는 건 방금 내가 푼 답은 완전히 틀렸음을 의미했다.

"공원에서 만나. 오늘 밤에 별똥별이 내릴 거래. 원래 모습으로 돌아갈 수 있을지도 몰라."

 나는 그 길에 바로 공원으로 달려갔다.

 느티나무를 우러러보다가 슬그머니 금줄 안으로 들어가 상자를 찾아 주변을 둘러보았다. 나무 주위에 나비가 날아다녔다. 나비를 따라 시선을 옮기다가 보니 초록 상자가 있었다. 상자를 흔들어 보다가 큰 돌에 쾅쾅! 몇 번 내리치니 열렸다.

 "그대로네."

 상자 속에는 사진 한 장이 있었다. 그 사진에는 수줍음투성이 소녀가 웃고 있었다. 그 소녀의 사진을 하염없이 바라보았는데, 그때 눈물이 나온 이유는 나 자신도 모른다.

아프지 마라

 사진 뒷장에 불쑥 드러난 어른의 진지한 서체에 가슴이 저릿했다. 마치 그 누구에게도 자신의 약점을 들키지 않으려고 땅속 깊이 묻어버리는 동물처럼 나혜의 아버지도 자신의 진심, 아마도 미안함,

을 꼭꼭 숨겼던 것 같았다.

***

 나혜를 기다리던 나는 한참 동안 하늘을 주시했다. 오늘 별똥별이 꼭 내려야 했다.
 "바꾼다."
 내 목소리가 밤의 대기에 박혔다.
 "못 바꾼다."
 사푼사푼 발걸음 소리가 내가 있는 쪽으로 다가오고 있었다.
 "서나혜, 네가 가장 무서워하는 건 뭐야?"
 "떨림."
 "언제 떨리는데?"
 "무서운 사람 볼 때."
 "누가 무서운데?"
 "아빠랑 너."
 나혜의 대답은 나를 미소 짓게 했다. 안갯속에 있

는 것처럼 한 치 앞이 보이지 않던 사랑에 햇살이 스며드는 것과 같은 말이었기 때문이다.

"하늘 봐."

그날처럼 별똥별이 내리고 있음을 깨달은 그때, 따스한 체온이 느껴졌다. 나혜가 내 손을 꼭 잡았다.

"소원을 빌어봐."

"나의 소원은……"

"속으로!"

.나혜가 아프지 않는 것.

3부 나혜

1. 그 애. 그리고 나

***

 큰 키, 넓은 어깨, 긴 팔…… 쓰러져 있는 남자는 어딘가 낯이 익었다. 남자의 몸을 돌려보았다.
 "은한?"
 그 얼굴을 보고 무척 놀랐다. 그 이유는 그 애 얼굴에 온통 눈물 자국이 있었기 때문이다.
 "은한아, 미안해."
 "…… 아냐, 고마워."
 그 애는 눈을 뜨며 그렇게 말했다.
 "나도 고마워."
 좋아하던 남자애의 몸으로 지낸 그 짧은 여름방학은, 그 어떤 여행에 견주지 못할 만큼 소중한 경험이었다.
 "가져."

그 애가 내 손안에 무언가를 건넸다. 너무도 뜻밖의 물건이어서, 그리고 사진 속 아빠의 눈빛이 너무 다정하여 놀라서 그만 꼼짝할 수조차 없었다.
"이것도."
그 애가 사진을 돌려서 뒤쪽을 보여주었다.

> 아프지 마라

빛바랜 사진 뒤쪽을 보고 나는 꼼짝하지 못한 채 입술만 자근자근 깨물었다.
"얼음이냐?"
정말 움직일 수가 없었다. 아프고, 슬퍼서……
내 붉게 부어있는 뺨을 지켜보던 그 애의 얼굴에 안쓰러움이 떠올랐고 그 애가 이마를 쓰다듬어주었다. 아마도 나는 불덩어리처럼 열이 났을 것이다.
"얼음땡."
그 애가 내 손등을 툭하고 쳤다. 그제야 몸이 움직였다.

"음악 들을래?"

"그래."

"너는 귀신 씻나락 까먹는 노래가 좋지?"

"뭐?"

그 애가 씩 웃으며 음악을 틀었다. 코시 판 투테의 삼중창이었다. 나는 가만히 눈을 감았다. 고요한 산들바람처럼 잔잔한 노래가 아빠와의 작은 추억을 이끌어 내주었다. 근데 그 애는 아빠가 가장 좋아하던 곡을 어떻게 알고 있을까?

"너도 이 곡 좋아하지?"

"싫어."

"어떻게 싫어하지? 이렇게 울면서……."

그 애의 말대로 내 두 뺨에 눈물이 흘러내리고 있었다.

"이상해. 가슴이……."

"아니, 너는 음악이 아름다워서 우는 거다."

그 애는 또 자신이 모든 것을 안다는 듯한 눈빛을 하고 있다. 그런데 신기하게도 정말 은한이 모든 것을 알고 있고 그 말이 모두 정답 같이 느껴졌다.

"그래, 음악 때문이야."

그 애는 한껏 볼륨을 올려주어 내가 맘껏 울게 내버려 두었다.

"은한아, 넌 우리 아빠와 닮았어."

"무서워?"

"아니."

너무 사랑하여 떨리고 무서웠던 아빠와 은한.

나는 겁에 발목이 잡혀 다가가지 못했다. 그러다가 그 애를 만나고 깨닫게 되었다. 나 스스로 내 자유의 발목을 잡은 것을, 나 스스로 사랑의 마음에서 도망친 것을.

"그럼?"

산들바람이 불어왔다. 그 보드라운 바람에 용기라도 얻었는지 나는 입술을 달싹였다. 그런데 불현, 심장이 감전된 것처럼 아팠다. 마치 땅 아래로 심장이 내려앉을 것처럼 철렁이기 시작했다.

"……"

그래도 말해야 해.

"……"

고백해야 해.

"……"

두려워해도 돼.

"……"

도망만 치지 않으면 돼.

"……"

덜덜 떨면서라도 말하면 돼.

"……"

길게 심호흡을 하다가 문득, 고개를 돌리자 작은 바람에 산들대는 초록빛 은행 나뭇잎이 보였다.

달빛에 부서지는 나무 그림자도, 연한 검정빛 내 그림자도 너무 선명하였다. 그래서 그 무엇도 숨길 수 없을 것 같았던 그 순간, 내 무거운 입술이 달싹거렸다.

"고마워."

"왜?"

"존재해줘서."

"그게 뭐야."

그 애가 황당하다는 듯이 웃었다.

"정말로."

열여덟 살 나의 여름은 은한이었다. 그 애가 있었

기에 그 여름, 나는 성큼 자랄 수 있었다. 그래서 나는……

"네가 있는 이 세상이 좋아!"

부끄부끄 체인지

초판 1쇄 발행 2025년 4월 17일

지은이   진노랑
펴낸곳   꿈꿈북스
출판등록   제2025-000007호
주소   대구 달서구 장기로 225 4층
팩스   0504-378-6120
이메일   ggumggumbook@naver.com

copyright ⓒ 진노랑 2025, Printed in Daegu, Korea

ISBN   979-11-992204-0-9 (43810)

+ 잘못 만들어진 책은 구입한 곳에서 교환해드립니다.